U0010894

青春　落地成灰

——一個過來人，寫給20年前與20年後的「你」的愛情備忘錄

二十年前，紐約
寫給你
寫給自己
寫給藝術
你，是專有詞
刺目的青春
走進許多人
走出許多人
腳底揚起的灰塵
總是塵埃未定

二十年後，台北
寫給你
寫給母親

寫給文學

你，是代稱，是他者
是日常的異常風景
是一本書或一部電影
與任何一個可能的愛與苦
時間經過
塵埃落定

竟就這麼走過來了
長途跋涉，一個過來人
回首
青春，落地成灰
塗灰成半僧半人
一點清醒，多半糊塗

Nina's Journal

寫給你的日記

時光復刻版

新增愛情100擊

艾麗絲島的移民大廳，
光影迷離地寫著
歷史幻化的滄桑。

九八年再訪曼哈頓時
拍下了DKNY的
巨型廣告看板。

HING
ANS
BAGS
TS
VES
TS
EAR
KS
TS

CK
Khakis

四十二街時代廣場的巨型看板，
最是NY城市的經典代表。

在跳蚤市場裡遇見「瑪麗蓮夢露」

【自序】

一個旅人望向一個旅人

台北——紐約
時差：十二個小時
飛行時間：十七個鐘頭
機長報告：還醒著的旅客可以看看窗外，偉大的紐約夜景，也請旅客繫好安全帶，空服員請就位，準備降落了。

紐約繁華瞬間就在眼前，華麗的黑絲絨上點點光輝在風中搖曳。從機窗看到疲倦的臉龐映到了透明玻璃上，當下突然明白這一舉步，似乎看到了往後將不斷長途跋涉的自己。

那一年，站在十字路口張惶過久，心情的版圖只是蜘蛛匍匐於網中的距離。歲月的溼氣浸淫到生命的骨子裡，蔓延成一種虛妄的不安。

出走，也可以是一種存在的靜止方式。

某月某日，突然機緣之手似那午後的一聲雷鳴，轟轟然來到眼前，將自己逐出沉溺不堪的記憶，載我毅然飛向陌生的紐約大城。

紐約，寂寞城市。在這樣的虛張聲勢裡，幽幽懷想起出國前的雨夜，二十四小時的豆漿店，熱炸油條的嗶啵響。風雨把沿街遊蕩的流浪犬給驅到了騎樓，包括我這個遊蕩的小獸。

躲進二十四小時便利商店，翻閱著八卦雜誌，茶葉香氣和溼氣黏和在一起，讓每個離家的旅人，片刻裡織補了破碎的心。

到紐約前，我不過是個破碎的人。所謂的破碎就是，自身找不到和自身依偎的重量，遍尋不著情愛的實質風貌。在數字年月裡排遣青春，時間以巨大的輪軸把我碾了過去，一回又一回。

直到我動了身，時間之河才衝破了阻塞，我聽到了指針在河面上愉悅地跳躍著。

長久讓身和魂安居一地，於我簡直是，除非上帝特別垂愛，否則安不了心。

即便身不移，魂卻早已思遷。

因爲出生的時辰定數和個性使然，因爲早早看清了情愛的不滅與幻滅本質。

有些事情從來沒有過去，有些角落卻總是讓人遺忘；有些氣味揮之不去，有些人在心口生了根；有些旅地彷彿前世已走過，好比紐約，好比博斯普魯斯海峽沿岸的皇宮……

常常，突然而來，突然而走。

沒有預警的生活哀樂和放逐者無邊無際的寂寞況味，嬉遊者的喃喃自語和兩地牽盼，我在紐約街頭的咖啡館，寫下了如此這般的單身旅人手記：以日月爲經緯，以無常爲主軸，以寂寞爲調味，以相思爲節氣，以自語爲形式，以惘然爲結束。

眞實的日記本，充斥著當下手寫的糟亂與隨性的塗鴉，飽滿的生活物件，在這本書裡遁去，那樣原始的混亂和塗寫畢竟是不合於常態的出版。換句話說，雖以日記名之，但記錄書寫的角落大抵是光影可以照射之處，沒有陰暗至必須掩卷喘息的內容。

若有陰暗，也不過是淺淺流動的感歎和虛妄，也是紐約這個城市當時的自我反射。

這是一本有條件篩選下的日記文本。當你打開它時，你就準備進入了一個單身旅人的生活聲色；我相信你也是個旅人，我們在人世裡本身就是個旅人，於是就讓我們「一個旅人望向一個旅人」吧；至於城市的本身，紐約已經有太多人書寫了。

5 World Trade Center
7 World Trade Center
1 World Trade Center
2 World Trade Center
4 World Trade Center
Marriott Hotel
OPEN

1 World Trade Center
2 World Trade Center
4 World Trade Center
Marriott Hotel
NYCE
PATH

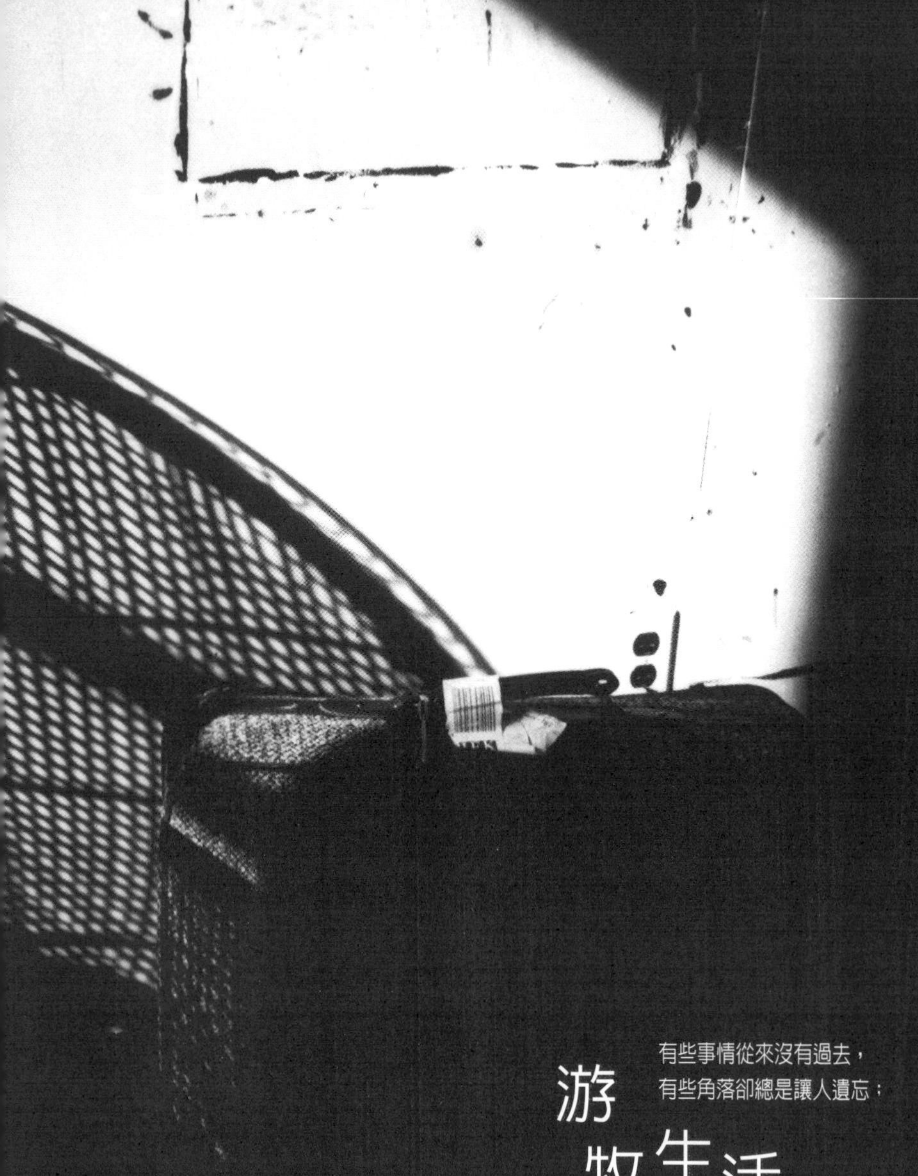

有些事情從來沒有過去，
有些角落卻總是讓人遺忘；

游牧生活

(7/26-6/10)

有些氣味揮之不去，
有些人在心口生了根……

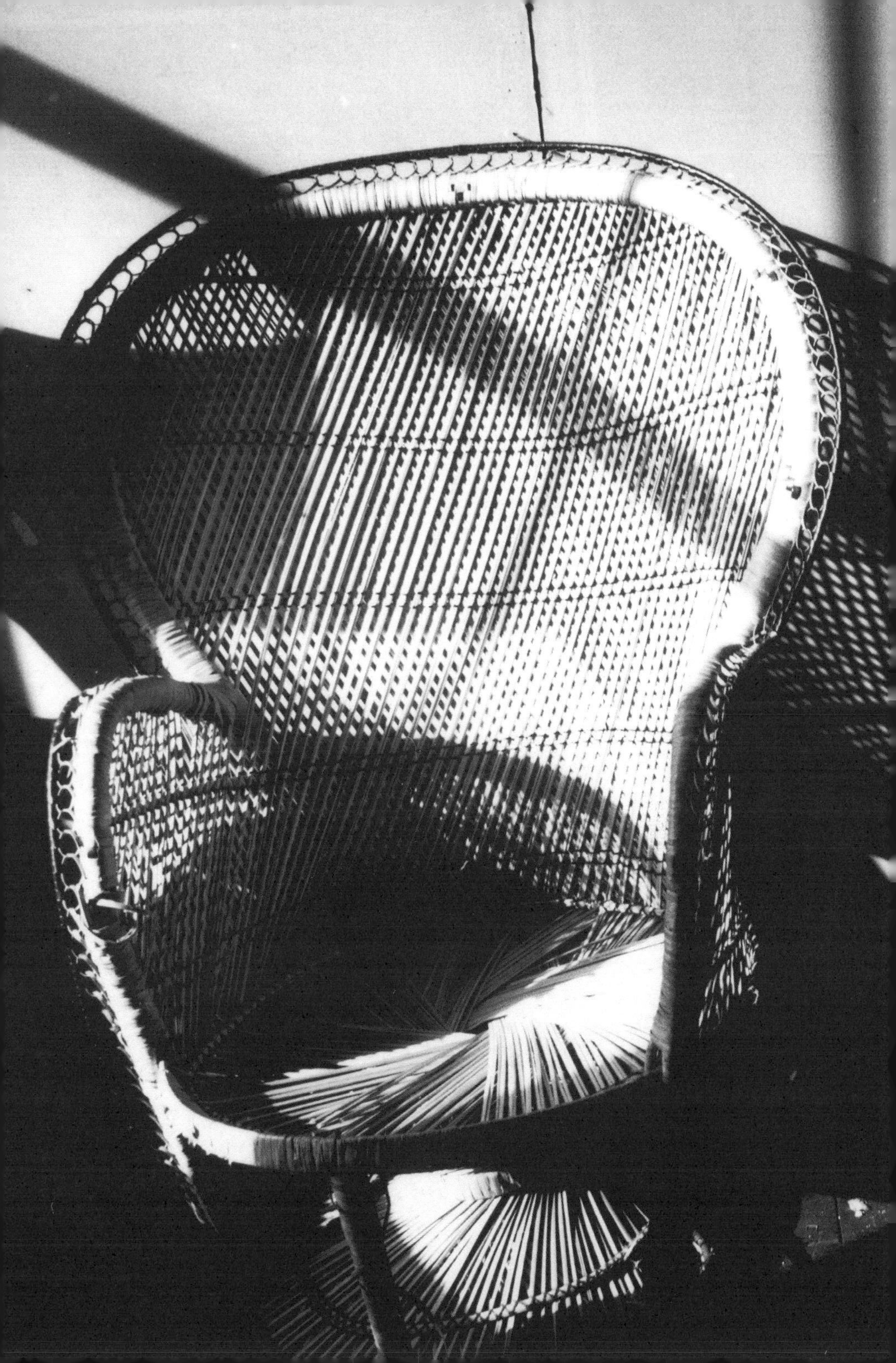

自由女神高舉著火炬，
伸向幻化的天際；
而人們在她的底下無止盡的流動，
內心高喊著：
紐約，我來了！

曼哈頓的China Town，
唐人街特有的熙攘、潮溼，
卻在摩肩接踵的那一會，
突然感到巨大的蒼涼襲來。

SMOKING HOPES
Victoria N. Alexander
Smoking Hopes
Victoria N. Alexander
Victoria N. Alexander
Victoria N. Alexander
CURES NOT WARS
PARADE
UFO
CONFERENCE
DUPE
DUPE
DUPE
LOWDOWN PAYMENT LOWDOWN
LOFT
SALE

蘇活區的牆壁，
每日的面目都在寫著變化，
今天新貼了一張，
明日又有新的一張海報將覆蓋上去。

如夢幻，如火宅；似浴火重生，似相思難了……
從慾望到希望，遷徙者的本能被驅動著，
在汪洋世界裡，永不遷徙的人必定要具有獨特的適應能力。

7月22日　晴

紐約第一個暫居的窩是在瑞瑗的家，瑞瑗的家是她念研究所的先生之宿舍，洛克斐勒大學的宿舍很清雅，窗外群樹橫生，校園靜素。

瑞瑗幫我在客廳搭了個小睡房。我想趕快安定下來，於是鎮日和她出門看房子，並認識紐約大致的輪廓。

和瑞瑗在一起有如參加「魔鬼訓練營」，她走路特快，辦事重效率，而我懶散慣了，加上時差和天氣熱，差點沒累倒。

7月24日　晴轉午後雷陣雨

暫住瑞瑗家三天後。

昨天和她去看妥了房子，給了一百美元訂金，今天是說好要搬去的日子。

搬家前一刻突然傾盆大雨，雷響大作。老紐約客的畫家朋友薛保瑕開車來載東西，因爲認識的朋友裡只有她有車。

皇后區的Astoria，住了許多的波多黎各人和希臘人。

待她們幫我搬好了行李，見薛保瑕的車子開離了視線，我才眞正感到異鄉的孤獨。

夜晚來了，睡不著，熱得很，才發覺窗戶對出去是個小小的天井，天井旁有多戶人家，風壓根兒吹不進來，難怪房東一直深怕我不住了。

當初看房子太大意，使得現下的處境竟似卡爾維諾初下榻紐約時寫下的日記感言：「在面對陽光照不到的狹長中庭的窗戶前，有一座鏽跡斑斑、髒兮兮的小鐵梯，教人痛不欲生的視野。」

四周傳來嘈雜的西班牙文，西班牙人屬性愛熱鬧，音樂開得很大聲，熱氣浮升的窄小房間裡因爲吵，更讓心顯得浮躁。

若有電話還可打給朋友解悶，這下子，我在兩個半大的榻榻米房間，踱來踱去。最後便踱去了廚房，廚房的桌子擱著湯湯水水，聽到大陸人的口音從鄰牆傳來，我突然意會到原來我住到了一個大陸窟了。那天白日看房子時，房東一定特意稍稍整理過，因爲現下的廚房比那天髒多了。

這樣一想，心情更頹喪，見到瓦斯爐旁有個窗戶，便挨到窗旁乘涼。見窗旁有個梯子亦是霉鏽斑斑，矮身爬進窗，踏上防火梯，防火梯的下面是人家的後院，後院吊著一家子的大小衣褲，在風中移盪著身影。外面的天光竟是寶藍中帶著橘紅色，宛若《亂世佳人》裡南北戰爭過後的場景。入晚了，蟬鳴仍噪鬧，烏鴉也飛來了，而每隔幾分鐘一班劃掠天際的飛機，在遠處散著濃濃的旅行（或者是返鄉）的意味，如此濃稠（或者是濃愁）的色彩，令人看得驚心動魄。

「I don't want to think about that today. I will think it tomorrow.」電影《亂世佳人》裡郝思嘉常常用著俏皮的神情如此安慰自己，朋友也曾寫信告訴我這句話。也許我在紐約的第一個住處，要度過的就是這一句話吧。否則如此多的失望，如此多的不便，我如何度過我的孤寂與相思難耐呢。

7月29日　街上狗兒吐舌頭，熱！

第一天，獨自從皇后區搭地鐵到曼哈頓。紐約地鐵看似迷宮，其實很容易搭乘，只需索一份地圖，搞清楚UP或是DOWN的方向即可。

保瑕要回台灣到東海美術系任教，南施約我和她一起吃頓飯餞行，約在蘇活區的古根漢美術館。

結果那日皇后區的R車和N車停駛，於是只好想辦法走到別的地鐵入口搭上七號車；再轉換車子到下城時，我已經足足晚了一個半小時，到達時她們已經走了。

晚上南施來電問我怎麼回事？我說天啊，怎麼知道會遇上地鐵列車停駛呢。她便說這就是住在郊區的不便，你要是住曼哈頓，即使停駛也有公車，再不然隨處都有計程車。說得也是，我說。

腦海裡，不禁出現當我轉車至四十二街時代廣場時，由於多段路線停駛，幾乎所有的乘客都跑到了四十二街來接泊，人潮在地下道擠得沒有空隙，我的身體幾乎是被後面的人推擠著前進，旁邊的街頭表演者卻視若無睹，黑人樂團一逕地震天價響，尤其是鼓聲綿密傳於地下道內，我感到像是在逃難似的。

於是發現，紐約不是個觀光之城，它是要你如實地面對生活。

如果你到紐約觀光咒罵起這個城市的野蠻，那我會很同情你，因爲等於還沒看到精髓就得走人了。

紐約要你品嘗生活的百般滋味。

還喜歡紐約嗎？南施問。

喜歡哪，才開始初戀而已呢。我答。

7月30日　hot! hot! hot!

持續的熱度，紐約夏夜的悶熱，不亞於台北。

電話線還沒接上，而我的心和天氣的熱一樣難捱，已經迫不及待地想要和台北通電話了。

到了公用電話亭，撥了零，總機接，向總機小姐說要接對方付費電話，她回問我對方會講英文嗎？我答會。台北的你也曾在紐約放逐了三年，你理應知曉我初來此地的困頓，打電話給你是我在異鄉孑然一身的唯一依賴。等接通電話的空檔，我這般地想著。

誰知總機竟回說對方沒人接聽。總機並輕聲細語地向我說，也許等會兒你可以再試試。她大約聽得出我聲音的落寞吧。

街角的流浪漢正在用紙箱打地舖，準備他今晚的窩。而我失魂落魄地蹣跚著步履，進了窩，四周一片死寂，波多黎各人也睡覺了。走到廚房喝水，蟑螂和老鼠在大陸人的米袋裡嬉戲著，本能似地我又爬上了防火梯，想遙望天邊台北的方向，那是思鄉的梯子。

孿身上了梯子，沒料到已經站了個人影，是大陸人娣娣，中年婦女的她，愁容滿面。她輕啓著聲響說，也來乘涼啊。我點頭，然後我們皆一同看向月牙彎彎的天際，寂寞悄悄爬上了心口，偷偷狠咬了我們一下。

若說競爭者都具有社會地位的話，那麼我們倆是那種沒有競爭能力的人，在紐約這個地方也找不到位置。

8月1日

保瑕來電，問起我安頓得如何？我說很好，倒是熱了些和吵。她笑說那個區域不太好。又問我開始畫畫了嗎？我說開始畫了，胡亂畫。她又笑了一下，她說要注意明暗，畫完後人要退後站遠一點看畫，眼睛瞇著看，從中看出明暗和層次及律動感。彩度高明度低，也可以用冷暖作互補，例如野獸派用鮮豔打底色等方式。末了，她建議我去買一本《色彩學》來看看。

晚上，瑞瑗也來了電話，我向她說了保瑕對我說的話。瑞瑗卻說，沒關係，你得先看你自己，「明暗在心中，眼睛張開就是色彩。」她說。

瑞瑗送了我一個她自己寫的詩偈：「具足一切緣，何必覓東西，法從何處尋，照鏡相對看。」

我冥思了許久，她們一個從學院出發，一個從自我出發。

而我自己則得靠自己走這一趟紐約之路。

8月3日

今天打了對方付費電話，終於接通了，心跳一時大亂了節奏。電話傳來台北你那溫慢低沉的熟悉聲音，我突然放縱自己地猛掉淚，一逕說著想你，好想你，還癡心妄想地說著你來看我好不好。台北的那頭卻是清楚理性的聲音。你說，這是你必須要走的路，我們遲早會在一起。別忘了，你去紐約是爲了什麼？

安然地掛上電話，悶熱的暑氣旋盪在肌膚的四周，我頹然走到鄰近的小公園踱步，心裡點點滴滴地清醒了起來，告訴自己游牧生活開始了，不要再眷戀過往。

8月4日

隔壁的女孩來美國好幾個月了，她說課程她沒什麼興趣，想回家了。問她什麼時候再回來，她說大概要很久很久才會再來美國。

由於女孩的房間靠大馬路，窗戶挺大的，不若我的窗戶小且對著天井，所以我就向她說，那接下來我住你的房間好了。她聽了露出笑容說，好啊，這樣有些東西就可以留給你用，東西留給認識的人使用，感覺比較溫暖，物品也不會覺得主人遺棄了它們。

我覺得女孩的論調挺可愛，讓我瞬間裡想起了村上春樹小說裡的女主角。

8月10日

和娣娣去逛世貿大樓的夜景，花了美金六元，上了一百零七層高的地方看夜景。娣娣要我幫她照張相，她說她的女兒一直掛記著要她寄張照片回山西老家。

山西人到美國的很少吧，我問。

娣娣說，是啊，淡淡地說起，要不是因爲先生有外遇，她很痛苦，她也不會離鄉背井。然後在咖啡廳時，娣娣才向我述說，她還有個女兒，剛出生不久就送人，因爲大陸實行一胎化，她只好偷偷生，沒料到就在懷第二胎時丈夫有了外遇。她說好在她以前曾開過公司，於是便用商業考察名義申請出來，遠離傷痛之地。「可憐的是我的兩個女兒，一個跟著我丈夫，一個卻是命運未卜。」

聽了，我無語回應，面對他人的巨大傷痛，我也不知如何是好了。

我們看著夜景的傷寂表情和周遭的遊客熙攘氛圍成了強大的對比，我和娣娣倒像是來參加一場魅影的葬禮似的，對著理不清的過往，深深哀悼著。

8月11日

今天和娣娣又逛到蘇活區（SOHO），未料卻下了場大雨，街角有個華人在賣著三元一支的傘，那傘都是中國製的，非常不耐用，華人小販用著華人特有的口音喊著，Umbrella，Umbrella。

我和娣娣聽了都發出了一種會心的賊賊一笑，笑裡有些慨嘆蒼涼。

我提議說，到咖啡店等雨停吧，她無奈地說好，我知道她不習慣喝咖啡。我點了卡布其諾，她好奇地問著我什麼是卡布其諾。我起先一臉驚訝，旋即想到她也許眞的不知道。「一種和著牛奶打成泡沫狀的義大利式咖啡。」我加了些肉桂粉，遞到她面前要她嚐嚐。

娣娣嚐了一口，露出滿意的表情，她說以前覺得咖啡難喝，沒想到這個這麼好喝，於是她也愛上了卡布其諾。

而我對於我們倆的閒閒日子，倒是懷有一種感激的溫度，心想游牧的生活也不至於太壞。

8月15日

隔壁女孩搬走了，我於是搬到前頭她的房間。也不過是一個小小的移動，卻讓我有全新的領略，好像搬了個位置，代表著自己還有移動能力，一種新的空間、新的氣味。

她留下了臉盆，幾個回收的盒子，一張撿來的椅子，一件舊大衣，一個矮櫃和幾本時尚雜誌。

她先搬到男友住的地方，再決定回不回家，抄了電話給我，收下紙條，心想也許永遠也不會需要打這個電話吧，畢竟交情還淺淺的。

裝電話的工人昨晚在我出門的時候來了，上海人的房東幫我開了門，讓AT&T的工人裝好線。

有了電話線，又有了新窩，一種定居的感覺，讓我漸漸可以安靜地看點書，畫點圖，寫寫信，說說話。

8月17日　有風

靠窗的大街上，各族裔的母語歌曲從各個人家的窗口流瀉出來，歌曲的溫度迥異，有南美的熱情，有黏巴達式的紛擾，有吉普賽人的蒼涼，有我的〈遠離非洲〉。我不知道爲何今天早上要放一曲〈遠離非洲〉，也許因爲心頭想起「愛」吧，〈遠離非洲〉的那種孤茫的愛，其實是一種非常豪華的愛。

想到豪華的愛，又想起莎黛的專輯歌曲〈Love Deluxe〉裡的歌詞，「I gave you all the love I got」。

桌上放著一張照片，是情人的背影，他背對著我，向著一片綿延的青山，兩手交叉於背，定定地望著。帶著這個背影飄洋過海，雖是背影，卻是我唯一的。當時我們在墾丁，背影是我偷拍來的。

想起的也無非是一些漫無邊際的意象，一些曾經。

其實一直不喜歡用「曾經」這兩個字，好像人處在一種過去的漩渦中跳脫不開，缺乏「酒店關門我就走」的豪情。但是「曾經」卻又那麼迷人，它像一種失落的動物，人們總希望它能復甦，不至於沒有「曾經」的空白、孤獨死去。

紐約之行，攜帶的包袱卻是台北一幕幕逝去的「曾經」，佛說，曾經和感覺最是無常、生滅。

而我處在如此多種族之地，卻是時時緬懷著那個一心一意曾想要被我狠狠抛離的「台北」。

聽完音樂，寫下了一些話後，緬懷的心情漸漸淡去，才披了外衣，去街上逛逛。

9月2日

如此沉默地存在著，感到自願失去一切的華麗和身分，走出框架的囚籠。以「無身分的過渡狀態」走在下城的街上，第一次感到「時間」從指尖滑過，迎面而來的臉孔，寫著「我存在」這裡的堂堂表情，一種理直氣壯的光彩，而我的存在卻是繫在台北的那一端，我知道遠方的你若知曉，一定會大大不悅，數落我怎能如此牽牽絆絆地過日子呢。一想起此，方振作精神。

走進了Dean & Deluca喝咖啡，忽聽得家鄉話傳進耳膜。覷著看，是一對母女和一個婦人，約是來紐約觀光。其中的那個婦人問起另一個婦人，「你女兒幾年次的?」「八十四年次的。」婦人答。

聽得我咖啡停在手中半晌不動。彷彿三十年歲月像水晶玻璃般在掌中滑向地面，哐噹而碎。我以爲會問人家幾年次的是適婚者，或者是少男少女才有的互探問答，問幼齡的孩童或者是老人，又或者像我這種喪失時間感的人都是了無意義的，差一歲又或者老一歲，又如何，眼前有太多生活的事要打發呢。

9月5日

天涼，來紐約的第一個涼天。

紐約的涼完全像是一種沒有預告式的出走，橫切式的把過去一刀削斷，斷層式的陡然下降的溫度，無法和昨晚的酷熱難當連結在一起。

大街上，波多黎各的一位母親扯著喉嚨，呼喚著她的女兒薩賓娜，薩賓娜，薩賓娜，一直喚著。我不禁探頭出去，想看看那個做母親的表情和那個跟母親玩捉迷藏的薩賓娜。

望出去，街上的畫面有點像是電影《流浪者之歌》。不論文明的升降，一切與她皆無關的模樣。她只是一逕地叫喚著她的女兒，手裡抓著小毛線紅外衣，蒼啞的嗓子，在漸漸日落西沉的街上，很是波西米亞，像《流浪者之歌》的那個微胖的祖母。

未久，和同伴嬉野的小女孩薩賓娜現身了，黃枯的長髮披散著，冷風把她的臉頰颸得紅紅的，扯著一口小白齒對著母親撒嬌。那個做母親的，嘴裡咕噥了幾聲，把外衣套在薩賓娜身上，母女倆牽著手上了自家的階梯。

四處，飄來家的菜味。

我的手提音響裡傳來約翰藍儂的歌聲，Michelle。

我手裡抓著方才從房東手裡拿到的信。讀畢，心想只有台北的你的文字深度可以涵蓋我本質上的寂寞個性。

9月6日

鎮日和還沒有找到工作的娣娣瞎混。中午換了幾班地鐵才到了康尼島（Coney Island），海邊有很多的老先生、老太太。娣娣說他們都是蘇聯人，因爲她聽得懂蘇聯話，我才知道娣娣在西安還沒

被主人遺棄變賣的鞋子，

擱置在街上，

望著腳程匆匆的紐約客，

懷想自己也曾有過受寵的往日……

開公司前，還是個高中老師呢。可是她現在要找的工作卻是「House Keeper」，打掃房子的女工，令人想來情何以堪。

在海邊，我們也學著老外，鋪條花巾躺著晒太陽。娣娣說，她最大的願望就是趕快定下來，然後把大女兒接過來。你呢？你的最大願望是什麼？娣娣突然問起我，我望著海域，很不中用地心想，和台北的你早日會合。但嘴裡說的卻是，好好地畫畫，寫好小說。

那哪一天也把我寫進去囉。娣娣狀似認眞地說。

好啊，一定。說著，我狀似豪情地揀了顆石頭，拋向海面。

9月21日

到花旗銀行的機器領了我在曼哈頓提領的不知第幾個一百元，我的記事本上寫著，生活費三百元，房租三百元，交通一百元，繪畫材料一百元。一個月至少要用掉七至八百美元，眞嚇人。吃了幾餐速食麵，再吃下去要成木乃伊了，於是放棄慵懶的姿態，打算去超市逛逛。從皇后區住家往西走，走到十字路口，再左轉，見到許多不鏽鋼的推車，就是超市了。

超市入口，有些老婦們手裡細心地拎著折價券；超市出口，一堆婦女拎著塑膠袋走出來。一種富庶得像河洲兩岸的子民般，農作物繁多，吃喝不完的神情。而我是河洲兩岸瘦削的一匹騾子，在芒草顫顫的風中，緩緩走向糧堆。

超市，眞大。顏色紛繁，蔬果堆如山。挑了幾個綠蘋果放在推車裡，偌大的推車因爲有了蘋果的比例對比，凸顯了一點空間過大的好笑。我想也許我該拿個手提的小籃子就夠了，但是心意上卻是懶洋洋地不管了。

繼續走著，逛到了麵區，買了幾包義大利空心麵，然後再繞到擺調味罐的架子，學習辨認醬汁品種，學習買起司和調味，然後又繞回蔬果區，挑了幾顆紅番茄和蔥蒜。今天做義大利麵正好，涼風起兮茴香味濃，正是西西里島義大利黑手黨要出巡的時刻。哈，我愉悅地想著，等會熬麵汁的模樣，廚房的溫度，也許和娣娣點蠟燭共餐也說不定。正當想著，一名婦人從側面拍我的肩，說著我聽不懂的話。「你不是西班牙人？」她轉用英文說，我理所當然地搖頭，並讓她看清楚中國人特有的眼睛細條模樣。她說了聲對不起，還以爲我是西班牙人。怪哉，怎麼會呢？我想可能是前陣子天氣尙熱時和娣娣去康尼島晒黑之故吧，加上我又一頭微波的長髮側面，乍看許眞有些像吧。

9月23日

瑞瑗打電話來說，不久她將隨夫婿搬至波士頓了，要我好好照顧自己，如果有性行爲要記得戴保險套。什麼，保險套，我聽了怪叫地重複了一聲。

我想你滿吸引異性的，所以要小心，她說。我笑著說，某種程度上算是吧，但是我的心不在這個上頭。

末了我們又聊了些事，瑞瑗眞是個良師益友。

電視上的珍妮瓊斯（Jenny Jones）談話秀節目正在談著失戀的愛情故事，女子藉著電視秀召喚著昔日男友盼望能重修舊好。

而我，拉長時空，才知道感情在我心頭的劑量，感情的刻度。

紐約即便有許多人試圖在我游牧的生活裡泅泳而來，然而我看到的都只是這個城市慾望的輕浮，感情的草率。

只有斷了念頭，這個城市才會在心中有安靜的可能。

每個人尋求解脫的方法不同，台北的你靠的是從「歷史」中去看幻滅無常；而我呢，靠的是移動吧，因爲移動的身軀，才顯現了靜止之心。

10月5日

上超市的感覺不錯，讓我有和此地共生之感。於是今天下午，一時無聊，決定再去晃晃，買兩顆紅番茄。

超市的員工在我的身旁上著貨，他邊和我搭著訕。他問我，叫啥名字，我手上正好拿著辣椒粉，竟隨口胡謅了一個Spice的名字給他，反正英文名字可以朝取夕改（註：後來哪知道Spice Girl會這麼有名）。Spice，他下意識地看著我的身材露了白齒地笑了一下，我當下眞有點後悔取這個名字。我叫Brown，他說。哦，Brown color 的Brown。Yeah，Yeah，他秀著黑棕色的手臂笑著，點頭。

布朗問我，買菜是做給家人吃嗎？我搖頭，做給自己吃。

什麼時候有機會嚐嚐你的手藝？他又問。

你想得美喲。我暗叫。面色不好拉下來，嘴裡只淡淡說著，那要看看我的心情囉。

好在這時候超市經理跑來找布朗先生，解脫了我要應對的困境。

10月10日

逛超市竟又碰到布朗先生！今天到超市，布朗先生正好在架子上盤點著貨，一見到我，他便大聲地喊著，嗨，Spice girl，我當場眞想丟下籃子往外跑。旋即又想，辣就辣嘛，反正我也快要搬離皇后區了。

布朗先生看我不太搭理他的神情，也挺識趣地不再多問。

可惜的是我原來好整以暇逛超市的心情不見了。

買了該買的衛生紙，一只杯子，結了帳。

10月15日　巴哈Bech

早上醒來時，躺在床上望著天花板的白牆，牆上攀爬著水漬，很像一張張惶的臉。片刻裡突然很想聽巴哈的音樂。

在二十三街的Barnes & Noble書店裡買了CD，《巴哈的無伴奏大提琴》專輯。買了兩張，花了三十元美金。

逛完CD區，轉到叢書區。買了幾張紐約的卡片和在藝術區裡隨手拿了幾本書，上了二樓，點了杯咖啡。開始寫起卡片來，這時候的台北又和當下的腦波連了線，通了電流。

一張寫給大哥，一張寫給報社的同事，一張寫給台北的你。

寫完了，心情也用罄了，於是開始翻閱著手裡的雜誌和畫冊，這樣的日子實在不太壞。

離開書局，又去了十九街附近的大型電器和家具行買了個微波爐，開了我在紐約的第一張支票，在櫃台寫著支票簽名時，感到自己像是個企業家似的。

其實這不過是這個國度通用的一種信用法則罷了。

提著微波爐走往地鐵的路上，有個男人從我背後抄快腳步，要幫我提，我沒答話，他的手就過來抓微波爐的箱子了。也好，這一天下來，我逛得正累呢。一路聊天，他說他是紐約大學（NYU）的博士班學生。

幫我送到地鐵的入口，他隨手抄了家裡電話和研究室的電話遞給我，邀我哪天去南街海港喝啤酒，要我也給他電話，筆也遞了上來，於是我勉爲其難地抄了電話，寫的是娣娣的電話號碼。

回到窩，告訴了娣娣，娣娣說好啊，她來幫我擋。又說大概是她太老了，沒有人搭訕，更別說幫忙她提東西。我帶著笑，倒是提議去超市買爆玉米花。

這一晚，我們大口丟著爆米花到嘴裡，邊看著電視影集，好像自己是電影院的VIP似的。「美國眞進步啊，眞方便啊。」娣娣忍不住地感動了起來。

10月26日

從中國城的堅尼道走到百老匯大道上，有個人影突然在我眼前停駐，然後我們倆互相大叫。竟是在台灣失散多年的朋友CoCo，我知道她兩年前到了美國，後來失去聯絡，竟不知她就和我生活在同一座城市裡。

兩人坐在路邊東扯西談，過於興奮所以說話有點口吃。

晚上一起吃了飯，她知道靠近紐約大學有一家便宜的餐廳。吃完，黑人侍者遞給我收據，我見收據的背後他寫著，你可以隨時打電話給我。CoCo見了，冷笑，不必了，叫他當了醫生再來考慮吧。這就是CoCo，伶牙俐齒，永遠是物質第一。

回到住處，想到和CoCo的不期而遇，有一種做夢之感。看到的才以爲是眞的，其實要是沒遇見CoCo，她一樣和我生活在同樣的城市，只是我們彼此不知道罷了。也許存在的空間裡散布著許多我可能認識的朋友也不一定，也許大家皆有志一同來紐約出走呢！

10月28日

房東遞給我一張郵局通知領取包裹的單子。

小鎮的郵局櫃台，小小的，光線黯淡，恍然走進西部電影裡的一種小城氛圍。櫃台內有幾張黃面孔的亞裔人士，遞上通知單，亞裔人士問我有沒有證件，我遞上了學生證，她看看我，又看看學生證上的照片，然後面無表情地從身後的一堆包裹裡找出我的，拉上了玻璃窗，遞了出來。

包裹是哥哥寄來的，坪林的字體寫得斗大，是茶葉。

在秋意涼深的天裡，喝一盅台灣茶，再寫意不過了。

只可惜身旁沒有綠豆糕或是蠶豆酥之類的來佐以茶香。人出走了，胃卻還是緊緊地攀著記憶之鄉不放。

11月6日

搬家。決定住到紐約的市中心曼哈頓去體驗看看。

七十二街和百老匯大道交叉口，再方便不過。

在路上碰到在媒體工作搭同班飛機抵紐約的玲，她也在找房子，也找到七十二街。

在香菸工廠的廠房外拍下這張
「捲長髮」時期的紐約模樣。
攝影是住五樓的
法蘭西斯克（Francisco Corte's）。

11月9日　曼哈頓

今天搬家時，CoCo說她的菲傭可以幫我搬家。菲傭？你什麼時候請了菲傭？經她一解釋我才明瞭她說的菲傭是指她的摩洛哥朋友，她在洗衣店自助洗衣時認識的，就住她附近。黑黑壯壯的，想追CoCo又不敢，CoCo利用這一點就常使喚他幫她忙。

摩洛哥朋友今天開了車來，還請了兩個朋友來幫我搬東西。當我從窗戶往下看這三個摩洛哥人一起下車的樣子，頓時以爲是電影《教父》的片段，竟是黑手黨的感覺。

車子經過曼哈頓大橋時，天色已經成了魔術色，詭譎地灑向紐約的都心。摩洛哥人（我忘了問他的名字）說，就是看了曼哈頓的城市高樓在傍晚的富麗堂皇，才決定留下來的。

車至七十二街，卸了物。他們離去，而我獨自在油漆新刷的新屋裡看著幾件行李發呆。室友皆未搬來，一切有重頭再來的味道。

到公用電話亭打電話給住在曼哈頓七十三街的南施，當我說到現在我住七十二街時，她尖叫說，別開玩笑了。眞的呀，我說。

那現在我多了一個伴了。她很高興。

11月12日

金黃過後，整個城市叢林便沉入了黑暗中，警車和救護車聲不時地劃過耳膜，一切聲色在意識下流盪，流著流著，流過了平原，流過了小溪，流過了愛情海，流過了小說夢，如今在彩筆上停留著。

紐約讓我感到與世隔絕，即便認識了路，還是有不斷在迷失流失之感。想起住在皇后區時，蒼蠅多得嚇人，是我在紐約看到最耐活且龐大的移民者。如今住在曼哈頓，蒼蠅不復見，被流浪漢取代了。

獨自到林肯中心看完電影，路燈仍亮晃晃的，初雪飄在燈影上，像是童話故事裡的場景。經過莫札特咖啡廳時，人影幢幢，咖啡香和巧克力香從門縫飄了出來，佇足聞悉，一片美好。

11月13日

華燈初上，上西城的百老匯大道，呈現了灰白、粉紅、淺藍的層次感。和南施約在地鐵對面的韋瓦第公園碰面，流浪漢已經把露天的公共椅子給全面占據了，於是我們便往哥倫比亞大道前進，在Chemical銀行對面的咖啡店小坐。

南施是我在台北跑藝術新聞時認識的一位畫廊經理，她在台北待了兩年後，又回到了紐約，她是台大外文系畢業的，後來到紐約大學念了藝術行政管理，便在紐約留了下來。因緣際會到台北工作時，恰好是我當美術記者之時，想來也是緣分。

南施劈頭便問我為何來紐約？她見多識廣，知道我不是那種純為學位念書而來的人，她在我身上聞到了不得不流浪的氣息。

因為要打開內心的密室啊。我說。

跑來紐約這個大迷宮找打開密室的鑰匙，很難喲，你不要先迷失了就好。南施說。其實在台北時，我們的交情也僅止於一個畫廊的公關經理和媒體之間的互動而已，除了彼此看得順眼的情外，其餘都是有保留的。

然而今天也許因爲我的這句話，震動了她內心的小小波瀾吧，她竟幽幽說起自己的苦楚，說起她愛上了別人的丈夫之類的掙扎等語。我一時不知該如何安慰她，倒是想也許我們可以一起看電影，幫她解解悶。

11月20日

從七十二街搭地鐵去畫室近多了，於是人也就更勤奮。

街角就是個蔬果店，很容易採購東西。每回我走過去，店裡的墨西哥人也總是勤快地呼喚著，若是恰好手裡拿著畫，也會要我秀給他看，然後他會翹起大拇指稱讚。其實我知道他根本看不懂我在畫什麼，不過有人看，總是高興。

住處的樓下是一家西班牙人開的美容院，又是講西班牙文的。怪哉，我和西語系的國家特別有緣。

每天經過美容院，聞到沙龍特有的香氣，吹風機嘎嘎響，美容院的設計師和小姐們有時恰好站在樓梯口聊著天，會向我打聲招呼，說著什麼時候來剪個美美的髮型啊，我每每點頭說好，其實害怕極了，心想給她們剪，我可不放心。然而日子因爲這樣的氣氛，增添了熱鬧非凡之感，讓心情來不及自憐。住在曼哈頓比較有人氣多了，只是租金貴了原來皇后區的一倍，所以可能也撐不了多久就得搬家了。

突然懷念起皇后區的那個思鄉防火梯和相依爲命的娣娣，她搬到布魯克林了。那些個燥熱難安的晚上，還有樓下波多黎各人晚上狂歡，殺豬宰羊的腥羶餿味。

11月29日

和南施說起房東很壞，挑撥離間，因爲玲也搬到我的樓上了，房東竟向玲說是我不喜歡和她毗鄰，眞是天大冤枉，當初我連玲要搬到我樓上都不知道呢。南施勸我下回找外國房東，雖然貴了點，但是沒有其他的是非。心想也是，心底又想搬家了。正是游牧民族遷徙生活的寫照。

12月5日

生活裡多了一隻貓。

感覺不好也不壞。

這其實有違我遷徙的個性，多了個家貓，多了一分負擔。不過也許日子比較不會無聊吧。

12月23日

停了一陣子沒寫下什麼，腦袋空空的，像我漆的牆壁一樣地白皙著。這些日子有時候和南施混著，去看電影什麼的。

託薇幫的忙，幾經折騰，我終於順利地搬離了七十二街這個是非之地，先是女房東愛東拉西扯、挑撥離間，繼是樓上的暖氣蒸出的水漏在我的天花板上，隨著時間累積大量地滲了下來，把我的畫和衣服浸淫了。

最嚴重的是女房東的西班牙男友（又是西班牙）偷了我的支票，銀行不察，被他兌現了近五百美元，和銀行、警局交涉了好久，才得以判定最後由銀行賠償。本來就是嘛，外國人簽的名字再像也不會和中國人寫得像。要怪就怪我在門口掛了幅素描，素描上頭有我的簽名筆跡，那天西班牙人進來我房間修燈管時，問我可不可以給他五塊錢美金，我說好啊，打開了抽屜，遞給他錢。誰知他竟趁我如廁時，打開我的抽屜偷撕了四張支票。我發現時，連忙通知銀行止付，後面那兩張才沒被他兌現。

銀行先要我去附近的警察局報案，如此才能開始調查。去警察局那一天我永遠記得，位在八十六街吧。晚上約八點左右，我走進警察局，警察們忙得不得了，吃飯的吃飯，接聽電話的忙著大吼大叫，問訊的挺不耐煩，我到窗口問了問，警察小姐要我先填表格，填妥，大半天沒人來理，終於有個要下班的年輕警員看到我了，走了過來。問我要報案的內容，於是領我上二樓，「你在這裡等著，待會兒有偷竊組的人會來問你話。」我點頭，向他謝了謝，他的左眼還向我眨了一下。

大半天還是沒人理，警局電話聲不斷。

我開始冷了起來，高椅上的腿不斷地懸空著，無聊地晃著，轉頭一看，背後貼著竟然都是要犯的照片，眼睛冷冷地望著我，他們的上頭大大地寫著「WANTED」，身分，特徵和犯下的罪名。我突然有了等待的耐性了，想想紐約警察（NYPD）多忙碌啊，我這兩張支票在他們眼裡宛如是要去處理一樁「城市老鼠被謀殺案」般無聊吧。

但五百美元對於不事生產的我而言太重要了，所以我一定要等。等的結果就是警察來問了話，他和我想的一樣，他說這個城市每天有太多的事在發生，自求多福吧，錢不一定會要得回來。「那那個西班牙人可以處分他嗎？」我問，他想了想，「挺難的，何況西班牙人不像你們中國人那麼愛面子，個人信用不算什麼。」

我實在很不滿意這個回答。不過至少他幫了忙，在我的表格上寫下了報案時間和報案原因等，有利於銀行的理賠。

女房東知道了，要西班牙人來道歉，哪知道那西班牙人挺沒骨氣的，我生氣地劈里啪啦罵了他一頓，大聲嚷著非要告他不可時，他見四下無人時竟對著我跪了下來。我一時傻了眼，只叫他以後別出現在我面前。

我突然發現生氣罵人時，英文特別靈光。

今天是有史以來寫最多話的一天。

5月10日　新港（Newport）

搬進香菸工廠前，由於合約未定，所以先暫住昔日紐約視覺藝術學院同學怡的房子，她回台灣過暑假。

這是一棟奇怪的大廈，兩岸皆是一片荒蕪，河岸地卻起了如此高之樓，宛如假的，虛擬的。我進出時，被管理員攔了下來，他以像在問流浪漢的口氣般地問我是住這棟樓的人嗎？是啊。我點頭，秀著手上鑰匙，懶得多解釋。住這棟樓有什麼了不起的，我倒是很討厭住在這裡，很假仙的樣子。

每天進出電梯才發現，這棟樓的亞裔人特多，都市白領階級模樣。位在新澤西市的新港，可以說是離曼哈頓最近的郊區，只要一塊錢搭上PATH車，就可直驅曼哈頓中心。

夜晚，隔河看著曼哈頓，感覺這個城市似是不動的，末了發現不動的只是我的靈魂罷了。

跳蚤市場內堆積著芭比娃娃，
宛如褪了色的後宮佳麗。

5月20日

下雨天，溫度驟然下降，沒有預警。

人軟趴無力，搬家花了百多美元，很心疼，心疼浮上意識，才發現原本揮霍的個性在異邦裡只得收斂。

養的貓咪一同隨我搬家，驚嚇過度，到現在竟還沒恢復，怯生生的。

6月5日　Jersey City

一個月很快就過去了，這是個變動的季節。又得搬家了，搬到香菸工廠。

不幸的是台灣友人如，卻在這時候因爲參加紐約書展來了紐約，而且要住我這裡長達七天，問題是我已經是不穩定的狀態了，實在沒有情緒陪她，即便只是說個話。

「旅人就是連衛生紙都不會生在那裡。」如突然說，她說她好討厭當個旅人，我想是因爲她住家裡住慣了，從沒買過衛生紙吧，於是把旅人這樣的角色弄得如此難堪。

不久，我們因爲一些情緒的溝通不良，何況異國窮學生的心情，全副精力要拿來對付生活的感受，是她短暫旅行裡所無法體會的。再加上因我的住處也是向他人暫借住，主人要回來了，我得整理。於是她便提前離去，改住她其他朋友的房子。我沒有想到的是，往後如再也沒有和我聯絡了。

6月10日　香菸工廠

今天又搬家！

一年來，遷徙的第五個居所。

貓是戀窩的動物，不若狗是戀主人，所以怎麼誘貓，牠還是不肯進籠子裡。這時候，好心的怡的室友大衛夫婦看了貓咪的驚懼神情，大衛太太不禁說，就留給我們養吧，不要讓牠搬來搬去。

也好，我對貓咪說，何況我是個不夠盡責的主人，要搬過去的工作室是不准留宿也不准養寵物的。（註：那棟樓是藝術家工作室，類似紐約很多工廠或是倉庫改裝成的工作室般。通常這些樓，都僅供創作用，不得住在裡頭。不過許多窮藝術家，租一個工作室已經不得了了，哪還有錢再去租個房間睡覺洗澡呢。因此許多人便偷偷養寵物，偷偷地住了下來。然而偷偷住，已經夠我累了，成天怕被那棟樓的經理發現了，會被趕出去外，據說還得上法庭。）

從新的地方醒來，感覺非常不真實。

新澤西市，我爬上了這棟集結著邊緣和落魄藝術家的香菸工廠改造工作室的樓頂，眺望著曼哈頓，看著哈得遜河的船隻往來，感到新的創作力不斷地向指尖和腦部移動，我想這是個新的生活天地。

意感著這棟香菸工廠將是我紐約之行的終點站，將由此結束我四處打游擊、居無定所的紐約狀態。

正下方的五樓工作室有許多間仍燈火通明，我知道他們和我一樣都是違法的留宿者。其中有個搞表演藝術和寫作的艾瑞克，昨晚在樓梯碰到和他打了招呼。「新搬來的？」他問，我點頭。「恭喜！我住六之五B。」他丟下這句意義模糊的話給我。

此刻我發現他正在大聲聽著 R.E.M. 樂團翻唱 Leonard Cohen 的〈First we take Manhatan〉，先占領曼哈頓吧，歌詞如此說著。

我微微一笑，仰躺在頂樓上，讓月色昏黃的幽光和我通體交融。

我許久沒有對自己一笑了。

信箱
(8/02-9/20)

愛情的冬天，
會不會悄然降臨了，
我打了個寒顫，
深怕我們彼此的熱情，
禁不起寒冬的試煉。

紐約下城的街上，
偶而也有難得的安靜氛圍。

ORIGINAL MAKERS of TOP

牆壁上的巨幅美女，
在吵雜的小販世界裡被人遺忘了，
好似只有我的相機之眼
看見了她的寂寞。

曼哈頓的天空，
走在小巷望之，
宛如切割的峽谷。

我在世界的頂端，
幻想有一雙翅膀，
然後飛去看我的愛人。
兩個相隔可能只有幾里，可能千里的信箱，
在一種等待的靜默中被注目著，信箱開開關關著。
信箱，一個裝滿絮語的淺井，塞滿帳單廣告單的黑盒子，
寫滿了你的名字，手體字、印刷體字，
來自另一個空間的愛撫、摩娑、呢喃和呼喚。

8月2日

今天飄了場溼雨，那雨水把信箱鐵皮表面沾滿的指紋沖刷而去，日日累積在信箱表面的指紋，是我和台北幾度相思，存在的證明。

打開信箱，一封信的身影躺在鐵皮上，邊邊鑲著條紋的紅與藍。航空信，不論是情人寫的，友人捎來的，親人寄來的，隔海飄至，令人心狂。

一場無情雨，已經瞬間把思念的印記刷洗了乾淨，我坐在潮溼的階梯上，展讀著遠方的信，讀著讀著，心牆的磚被一塊塊地敲了下來。

迎雨望著天空，期盼雨能夠把我的面容洗去鬱結，篩去彷徨。

天黑的街，攏上一縷夏霧，酒鬼開始了微醺的旅程，街角黑影有一種緩緩欲墜的姿態，像是故鄉的皮影戲。

住在波多黎各人集結的社區，我即便不是大剌剌地坐在階梯外，光是走著路也還是個「被人注目」的東方女人。

眼前是個熔爐世界，行人從我眼前踏步而過，原鄉口音尾隨著，化成了灰燼，也揮之不去。

眼前是個自由天地，然而紐約的自由來自它的叢林法則。

你在信的結尾寫著：「你好，我好。你的安全，最爲我憂。孤影相伴，你經驗多多；生活課業，創作種種，終能駕馭自如。唯有安全，稍有意外，即在人海中無聲無息沒頂。出入叢林，先行自保，才能廣結善緣，遨遊天地，吸收日月精靈。你好，我才會好。」

因爲結尾的那一句話，寂寞的死神才轉去叮咬別人，寂寞放過了我。

雨後彩虹魔術般的天色，在我的身影之後成形。

我轉向階梯的高處走，掏了鑰匙，開了門。

8月5日

收到你的信後，展讀完畢，在心口溫上幾回，喜悅漸漸淡去，強迫喜悅留在心口，喜悅卻還是隨風飄去。

於是我知道了一種無可避免的周期定律。

從兩封信收發的經驗顯示，紐約到台北，思念的傳送要花上起碼一週的時間，若碰上哪個怠惰的郵差，延遲了信的生命線，兩端的信箱就要空空然飢餓十多天。

一週以上，是我們之間新的「時間感」，從過去午夜的等待到一週的等待，期待有了新的韻律。

於是，收到你的信的剎那，身體開始蝶變；信讀畢，把信珍藏在心口，人又陷入了繭期。等待十幾天後，也許更久，才會光臨的喜悅。

讀信是參加一場盛宴的邀約，從親暱的稱謂開始，我嚐到了一九九四年份的波爾多頂級葡萄紅酒；第一段的「想你，你攜走我的魂魄，你的離去讓我重頭開始摸索我自己。」是一道開胃菜，中間的生活陳述則是永遠吃不膩的派。

結尾的「想你，愛你」和簽名，是極品雋永的咖啡香。

然而闔上信，卻是歌聲戛然而止，曲終人散，杯盤狼藉。

寄回台北的信，我已然忘了青鳥所被賦予載負的內容。寫信一向心情澎湃，擱筆的當下宛如被廢了武功般，渾身癱軟。寫完當天就想把信給寄出，恨不得信能自行飛去你的身邊。

然而，寄出後，我每每開始一場生死沉浮的等待。接到你的信是重拾自己的轉機，接不到你的信是走向混亂的開始。

紐約，台北，旅地，故鄉，空間轉換，思念不斷。魚雁傳情，何其漫長。

我記不起我所書寫的，但卻無法忘卻你寫來的信，愛的物證。紐約的消防救火車聲徹夜鳴響，我擔心我住的木造磚房，有天要是被哪個酒鬼縱了火，那麼我的存在將在哪裡呢？我擔心一切物證將會灰飛煙滅，於是把信束起，和我同床共眠。

想起曼哈頓的一位畫家朋友，有天夜裡她果眞遇到了火災，還是她開門想去上廁所才知道外面已是火光滿天，火舌滿屋，她急急往屋內抓畫，只抓到幾張，煙漸散進，只得棄守。逃出屋外，她傷心地坐在地上痛哭，火光把她的背影剪成一隻失了巢穴的黑鴉，淒淒涼涼。
台北離我愈遠，身影愈長，直到淹沒了我。
我想這一輩子，再也不會像此刻的現在這麼思念我的台北。
我的祖靈還在那裡。

8月27日

來紐約近兩個月，漸漸度過暗夜難耐。
人生的窗戶是一扇一扇接著打開的，你在信裡提醒我：「你是爲了開啓密室而到紐約的，記得嗎？」
記得嗎，我當然沒忘。然而我害怕在通往密室前便陣亡了。
一尾小魚離開族群、離開金魚缸，穿梭河海到紐約汪洋，我沒有預期我是否能全身而退。紐約讓人有隔世之感，台北讓人生生世世，因爲那個城市有你。
「區區數天，數週，甚至數年，又豈能承載一生的重量。如果『現在』不走『過去』，哪會有『未來』。」
等待，是情人彼此間最殘酷的挑戰；放逐，是內我和外我最嚴苛的試煉。
這一刻，你和我全碰上了。讓兩個「雙魚族」承受這種人性試探，是殘忍的。在我的眼裡，每對眞心以待的情人，接受分離的試驗，旅地或原鄉，皆成夢幻墳塚。

9月5日

空間感是一種奇怪的東西，軀體置身其中，靈魂卻牢繫著信箱另一頭的親密愛人。然而沒有親自參與的歷史事件，卻可堂皇置之度外。

信裡，你提到台灣颳超級大颱風，死了幾個人。而我位在皇后區的Astoria，一個希臘族裔的社區，日漸增多的波多黎各人、黑人，濃濃濁濁的口音，從四面八方肆進耳膜。沒有台灣話，偶有一、兩個字正腔圓的國語從地下室或是廚房傳來，大陸人。

於是我完全感到台灣這個島嶼日漸在心海載浮載沉著，再大的颱風也吹不到我。

然而颱風的滋味卻一直在發酵，雨的溼度，風的流向，樹吹的彎度，草叢的低語，河流滾滾，黃沙滔滔；沒日沒夜的大雨過後，隔天一早太陽高高掛，把小鎮蒸出一股塵埃味，而小獸則全跑出來晒太陽，包括小孩兒。

你說對我的感覺和政治觀察是現在僅有的一點熱情，「生活是無日無夜不斷的翻轉，沸騰的一壺死水，許久才冒出一丁點的火花。」

恆河沙數裡的千千萬萬人，千千萬萬個別人，是如何找到「自己」的，我實在不知道。異地收到島國颱風的訊息，讓我陷入無限的空茫狀態。

9月7日

沒隔幾天又收到你的信，快遞而來的信像快馬加鞭的使者。信裡你說你寄了本書給我，但是把我的地址寫顛倒了，32—17, 48街，寫成了23—17, 48街，你要我去23—17號問一下，或者去郵局找一找。

心想只要往前，往數字少的路走就對了。於是一早趿著拖鞋就出了門，頂著大大的秋陽，三十二減二十三，等於九，也就是我要走九條街。彷彿走了好久，才看見了二十五，心情沸騰了幾下，但是路卻在這時候斷了號碼，一條類似高速公路的路在眼前伸展，無法穿過。

只好逡巡著就近人家。見一男子正好拿著報表不知在抄寫著什麼，於是趨前問，他說他也不知道，他正好要走了，可以載我一程找找。

穿過公路，問了幾戶人家，發現有二十三大道，但沒有十七號。於是這個男子便把我載回住家附近的郵局。打開車門，向他道謝。他拿出名片給我時，邊說著他住在長島。長島，很漂亮吧，我說。他說今天他要上班，不然就帶我去兜風。說著，他用他戴著一枚藍寶石戒指的手摸了我臉頰一下。

這一摸，讓我慌張地下了車，這會兒連向他揮手都省了。拐進郵局，見他的車開走，才定了神向郵局問著。

郵局查了一下，說這個郵件可能遜寄回台灣了。

書沒收到，平白被摸了一把。有點鬱鬱的回到了住處，煮了一碗麵吃。

在廚房裡碰到娣娣，她也在煮著麵。於是，我和娣娣端著麵，爬進了消防梯，就著一點一滴漸漸沉入黑幕的天光，唏呼唏呼地大口吃著麵。

毋須言語，我知道，我們都在思念遠方的家。和心裡頭占有最大最重要位置的情人企圖對話。鮮活的情人身影，飄浮的異鄉客。

9月21日

日子過得空白，但卻不斷地沸騰。

學校已經開學了，心卻還在野嬉。

每每想提筆寫些小說，卻陷入一種恍惚，見到中文字竟有一種痛苦，一種連根拔起的苦，宛如魚兒從水中被瞬間撈起，在竹簍裡掙扎的模樣。

寫信告訴你的心情，此刻信卻輾轉、蓋了郵戳，被退了回來，原因是我忘了寫Taiwan，郵局看不懂中文，只好退回寫有英文字的地址。我寄給別人的信都不曾出烏龍，寄給你的信，卻易陷入一種極端，不是極爲熱切，就是極度恍惚。一如你，地址錯了；一如我，還在異國用中文寫地址。

下課回來，信箱空空的，失望的攀爬著木梯，頹喪下卻見門口一口氣躺了兩封信，直覺是你寫的。原來房東順手幫我拿了信，塞進了門縫。

看完信，一陣笑。你在信的尾端註明著這兩封八、九日發出的信，忘了貼郵票，被退。由此可知你在台北生活的恍惚了。

「焦慮空虛使人失眠，飄浮也使人失眠，在朝陽轉熾的時間裡，爲入眠苦戰著。」信裡頭你提到失眠。

失眠，台北失眠，紐約也失眠。失眠，讓我們雖然活過了每一天，但卻找不到昨天、大前天……

過往早已死滅的片段，空間上已經喪失的觸感，每天在心中不斷地想要燃燒、沸騰、翻滾。你在台北的生活是順著事件而行，吃飯上班看電視讀書睡覺。一件事的結束，就是下一件事的開始。

「日子漫長而恍惚，心中意念卻分秒飛逝。每個問題都是舊的反覆，每一個感覺卻仍然新鮮。聽你說，你畫畫可以專注三個半小時，眞是羨慕，我這一生恐怕都還沒有這種經驗。」你說也許是「小人常戚戚」吧。

而我在紐約的生活是順著情緒走的，情緒好，對自己好一些，感覺紐約的可愛；情緒壞，關在畫室的時間會加倍地長，失眠，胡思亂想。情緒不好不壞，就和朋友出去喝杯咖啡，晒晒太陽。

我發現嚴重失眠，是因爲心念紛雜，意念掙扎著要占據軀體，不讓軀體休息。

你說人的存在大概不是某種單純的狀態，比如孤絕、等待、眞誠或虛無之類的，人應該是這些狀態的集合體，然後用「懷疑」將它們一網給兜起來。

懷疑，兩地相思要如何禁得起「懷疑」的焦慮考驗。

「你會是我的果陀嗎？」信裡你問道，疑問，也是不確定的開始。

我當然是，讀信的當下，我心裡頭跟著回答，好像你就在我身旁般。

紐約和台北正好是一日一夜，而我們的生日差十二個小時，正好日夜懸接，你的夜是我的凌晨，彼此成就一個圓。

思念究竟是怎麼回事，怎令人失眠至此。

你的信，你的人，虛幻而遙遠，卻是我此刻唯一所擁有的。

10月5日

哈囉，小魚。你第一次如此俏皮的稱呼我。結尾還寫著，小魚小魚，快長大，長成一條小鯨魚。

魚族最怕的是擱淺。

你說你已離開原來的工作崗位，而新的位置尚未定奪，於是成了無處可去的孤兒，偶爾有點事去辦公室，覺得自己逐漸成爲一隻老鼠，光天化日下，必須匆匆走過，只有牆角的小洞，才是自己的歸處。

我提了筆，寫下了我就是你牆角的小洞，如果沒有黑洞可以躲藏，我這裡永遠有你的位置。事實上，我們都在深礁暗處等待著，等待浪潮捲起，雙魚可以縱躍而入。台北的你，等待的是機緣的欽點；而紐約的我，等待的是時間幻化後，內在的清明會多一些。你曾說我是個聰明人，但清明的時間太少了，各種形式的慾念深沉。

但願人生大有一切重頭走過的樣子。

逝水年華，不過彈指而去。信尾你再度拋出一個問題，「你是我不變的眞情嗎？不論我流落何方。」

是的。我寫下了這肯定語句。然後再過一分鐘，我將捻熄了燈，上床躺著入睡，想你。

10月17日

輾轉多回，終於收到你寄來的書了。

書是李維史陀《憂鬱的熱帶》。你並附了一張書單，是你在台北和幾個人組成讀書會的書單。你說這是一個全面性的閱讀計畫，不論是存在主義、結構主義，或批判理論及文化理論，都有著強烈的美學背景，將它們重新讀過，等於是將西方的文學或美學理論打下根基，對我會有一定的幫助。

「你需要有個人帶你進入理性的世界，浪漫、宗教及理性三者綜合而又能平衡，人才能完整的觀照自己及和愛人對話。」

我們來自不同的人生起點，最終，在閱讀中找到彼此，互相觸摸，而後緊緊糾纏。

「你的體溫猶然存在我的指尖。」你說。

用著多情的指尖，翻開隔海送來的中文翻譯書，一切的心情正如書名般，既憂鬱而又身處熱帶。

10月28日

地鐵倏忽灌進來的涼風把我的長髮吹至眼前，橫豎切割著視覺的畫面，地鐵人影幢幢，有的人神情落寞，有的人款款低語。有個流浪藝人，一直在撥弄著吉他的弦，空氣散著蒼涼。不知怎地，內心感到一股悶滯。

上了R車，車廂內人不算多，坐著一會兒，突然瞥眼見到斜對邊的一男子向我眨了眨眼睛，空間裡漫溢著無聊的氣息。

到了皇后區四十八街，出了地鐵站，抬眼見到寶藍的天色下兩盞紅燈高掛，紅燈是地鐵入口的燈，烏鴉就停在上頭，經過時，牠們振翅起飛，穿過藍色的天際，停在路樹的枝椏上。

天氣冷了，方才當第一道冷風吹進地鐵的地下層時，我就心想，秋意已濃了，冬天可真的不遠了。

愛情的冬天會不會悄然降臨了，我打了個寒顫。深怕我們彼此的熱情，禁不起寒冬的試煉。你在台北會不會有新的心情變化？我的周邊日復一日地重複著誘惑的色澤，而你的信總能在我要下墜的當口，把我撈了上岸。

但你的信有一天也許也會斷了線吧。

懷著深怕發生的心情，打開信箱，好在今天安然地躺著你的筆跡。

你說你已正式調職，工作成了虛位。突然明瞭多年的工作付諸流水，調職的安排頗有「留校察看」之意，經由疑慮、憤怒、感傷而思索，你終於明瞭失去的是什麼了。

「唐吉訶德遣馬收兵後，他會怎麼想呢？」

這一句問號的出現，讓遠方的我體察了你，體會你已然失去改造秩序（創造）的熱情了，盤桓你心的不外是幻滅。

「和尚托缽，眼前只有腳下的塵土。」

在紐約，我什麼也幫不上你的忙，我想只有趕快提筆寫信，才是唯一的隔海安慰吧。

「我深深懷念你，只有你才看得見小魚游動的姿勢。」你如是寫道，我亦如此回應。

11月9日

不知是第幾封信，我曾在信裡頭告訴你，因爲寫的小說沒有機會發表，加上在紐約的心情和畫畫的創作時間占了大半，所以考慮停筆了。

這回，你來信提到了「希望之網」的概念，看了頗有體悟。

我們常常在事情沒有開花結果時，告訴自己「只要擁有自己，何愁身外之物。」但問題是我連「自己」也在摸索「自己」，找不到自己時，猶如迷霧森林重重。

你說，過去憑著一股唐吉訶德式的熱情，隻身瘦馬，揮灑天地；卻忘了唐吉訶德原是向一個不合理的「外在世界」挑戰，挑戰的目的是外向的，是懷著改造外在秩序的「希望」的。換言之，唐吉訶德未必是「知其不可而爲之」，其實他是「有所爲而爲之」。

也就是說我們皆輕估了現實世界的虛幻，「歷史刻痕何曾禁得起人情的冷暖，而體制的冷漠又何曾予人以尊嚴。」

我們不知不覺都陷入了「希望之網」中。

當我投稿時，我陷入了期待，當我來紐約時，我懷抱著更新自己的希望，然而現實「虛幻」的腳程卻跑得比我們的「希望」還快。虛幻在我們渾然不覺時，已經悄悄地佈下滅亡的氣息。等我們猛然驚覺幻滅了，才兀自笑自己的希望很傻。

如此一想，我不禁打了個冷顫，深怕我們相互期許通過分離試驗的約定也是一種幻覺。

11月18日

再度收到你的書，是《傅柯的生死愛慾》（The Passion of Michel Foucault）。傅柯的傳記，文字充滿激情，但卻皆是一條條通向虛無的窄路。無身分的過渡狀態，我的紐約行正是這句話的總結。

12月10日

Dear小魚，哈囉！

還記得我嗎？另外一隻魚，只是老一點罷了。

看到信裡這樣的開頭，我就大略知曉你的心情眼界寬鬆了些。

你只有在沒有憂慮時，會有俏皮的心情。

信裡你說你想退隱山林，你說大地不語，自古常在，我們這些走獸瓦釜雷鳴，又能留下聲音幾許？

默默把信摺回原來的樣子，放進信封內，決定到床上躺一躺，想一想。

12月17日　大風大雪

美東大風雪，四十年來最厲害的一次而我恰好經歷，已寫進了歷史裡。你來信說到「住在那裡，心裡要有熱情禦寒，但生活要冷靜。台北平淡而沉悶，冷風雖起，偶有陽光，但日子卻過得虛無縹緲。」

你說你連掙扎都沒有了，幾番折騰，好像已經過了考驗的大關，每天上班下班，看見路上走動的時髦女子，不禁就會想起一些舊事。好像一切都在那裡，又好像一切都不存在。

「盼你好，在任何情況下。」

你的信，往往是先前虛無得厲害，結尾卻能忘記自己的處境，而給了我滿心的溫情。

12月29日

寫信告訴了你有關我紐約的第一次聖誕節。整個曼哈頓像個戰敗的小城，沒有往日的熙攘人煙。由於大雪封街，且在地人皆已返鄉，剩下的皆是無家可過節的外地人。

聖誕節過了，收到一些從台北寄來的卡片，唯獨沒有你的。

知道你一向不重視節日，常常連自己的生日也忘了，所以也沒有特別的失望。

我在NY養的貓咪Tiger，和閱讀的書。

幾個階段住處收到的信，
如今看來，仍覺心驚動魄。

台北街頭現在一定很忙碌，你的所有精力大概都要拿來對付這個城市了。

12月30日

今天把畫從畫室攜回家的路上，有人問我，畫在哪裡買的？我說自己畫的，她問我多少肯賣，我搖頭，因爲這幅圖是要寄給你的。

信裡你說，佛經和存在主義一併閱讀，彷彿體會更深。存在主義鼓勵人自爲、超越，自我的肯定在於自我的開創，不斷前進，窮盡形式的變化與經驗的翻新，但稍有不愼，即迷失在人生的荒原上，茫然不知所終。

佛法則是教人從祛除我執開始，離相、無念，才能明心見性，才明瞭存在云云，原是迷惑陷溺。

存在主義引人深耕內心的黑暗處，但佛經義理光明正大，極目所見哪有黑暗容身之處？一切存在上的問題，原是虛構的，凡虛擬的必屬無常。

是啊，寂寞孤寂原是心無所主，想要有所依靠。可是紐約荒原，我又能靠誰。僅僅依靠你的來信是薄弱的，我又怎能依靠信的安慰呢。

二十世紀末，人最終的依靠是什麼？佛理要人卸下包袱，一身輕鬆，然而存在主義卻是要人深刻創造，不斷前進。我因爲你的信，而在這兩條路上徘徊深思。情義會是人類最後的救贖嗎？

我在信裡頭告訴你「感覺到自己在大量的流失」。

你說這未嘗不是一件好事，掏空自己，才能盡除積腐。如果執著過去心，小得小失揮之不去，或者去之可惜，那麼大千世界裡裡外外，也就無法從容遨遊了。

如果人生一場，不過是隨緣盡興而已，那麼紐約這片汪洋，我究竟要不要蹚一蹚渾水、和一和熱鬧呢？滿街的邂逅語言在街上交談，但那是虛幻的開始，一旦蹚入渾水，我如何能清明返鄉呢。

這是我的想法。

1月2日

寫信給你有關於我的紐約第一個新年。

信裡平凡，只因節日確實也過得平凡，和一位女同學在林肯中心對面的SONY戲院看了一場電影。出了電影院正好是九六年，有人在賣著仙女棒和小孩的玩具，瞬間的黑暗裡火花點點，卻讓我這個異鄉人陡然冷冽難受。

離開台北的那陣子，衛視正好在播著《東京愛情故事》的結尾，想你的時候，那個影集末集的某些畫面便會進入腦海，鈴木保奈美奔跑尋覓織田裕二的急切，欲求不得的失落感傷。「不是因爲沒有朋友而寂寞，而是因爲你在意的人不在身旁而寂寞。」正是我撇下九五年，踱步來到九六年的心情。

我們每天品味著愛戀，品味著頭痛，品味著失意。你在台北既存在又不存在的疏離感，也正是我在紐約的狀態。

唯一的不同是，我仍斷斷續續地寫著雜記，那是我唯一和故鄉交流的方式。而你的信，寄來的頻率也已大亂，再也沒辦法憑心電感應來得知了。

你說你不寫日記，仔細分析起來，蓋因人生既如幻影，要看破放下，又何必執著於一些文字的記錄。意識流轉，深淺莫測，何爲眞？何爲假？哪些是朝生而不會夕死的？

我無語以對。文字若亡，一個通過寫作認證自己的我，將何以自處？在異鄉，我連想都不敢想這個問題。

不定時的寫信給我，是你目前僅有的內心對話，你的文字，有時細膩，有時散漫，靜靜細細的字體，一如你的心。接到信，或是提起筆，像是接到一個來自非常遙遠卻心靈相通的老友一般。

信的尾端，你寫著「我是一個已經『死亡』的人，而你，這個最親愛的人，卻無法趕赴我的喪禮，或許墳上會長出一朵小黃花，搖曳向你，只等你再來親近。」

情勢至此，眞是令人感傷不已。

新的一年，對你我而言，許是個艱苦之年。

1月5日

信裡，你寫著新年了，說些什麼感傷或是砥礪的話，都是多餘的。生命中已經充滿了太多的喃喃自語，有些是沒有意義的，有些略微有了些小小的意思，然而風沙一吹也就成了縹緲無痕的廢言，不必推敲的反覆意義罷了。

有些是浸潤生命已久的情調，比如憂慮，比如頹喪。有些是因緣而生的失落與幻滅，比如激亢，比如脆弱。

新的一年，如果能夠多一分清明，就算不辜負自己了。

1月9日

美東持續大雪，台北開始嚴寒，現代人的空間狹小，而你所親近的人卻遠在千里之外。

彷彿昨天才揮手，明天就會再度相逢了。

千里就在眼前，如果走動一下，台北和紐約就相連在一塊了，豈不甚好啊。心的位置一直有個空間擺放著你，即便枝葉繁多，根永遠是你。

然而時間和空間的阻隔已經不是最重要的了，而是心靈上的失落感，不知如何去撫平。

1月11日

來紐約，你告訴我幾件死亡的消息。一是你的心靈已死，墳上開出了小黃花。這是形而上的死亡之旅。

另有兩件文壇的事，你寄來了訊息，前有張愛玲，今天則提及林燿德猝死一事。張愛玲的死雖讓人感傷，但卻不錯愕。林燿德之死確實令人啞口無言。

緩謝凋零或是驟然離去，人間種種不都要過去的嗎？

你說，周遭也是充滿種種生離死別，隔著兩、三張桌子的一位同事，開始請假，動腦部手術，你悵然地說，她也是個用情的人，但她大概再也回不來了。

紐約呢，每天的死亡事件，來來去去，如此冷的天，流浪漢就睡在街角；醒來，路人搖搖他，竟是不醒，身體如地下雪之冰冷般，僵硬了。死了一個流浪漢，沒有人掉淚，流浪漢一個朋友也沒有。

而我們的朋友，至少有我們替他們悲傷、哀悼。

1月17日

收到你用列舉繪畫式的述說方式，內心感到一種奇特閱讀的分享脈動。存在的先驗、知覺、經驗的辯證。

存在主義
- 現象學─生活世界─情境（經驗）（外在）─ 體現
  - 即經驗即先驗
- 身體─知覺能力（先驗）（內在）─ 存在狀態
  - 形式與內容相互
  - 合一且辯證發展

─對沙特二元論的批評

存在不是先驗的如「虛無」或「荒謬」

而是在生活情境中被感知的「內外合一」

所謂「空間是存在的，存在也是空間的」

─「情境存有論」

─與沙特比較 我思→偶然→虛無→自爲（我即我的存在）

我能→身體→知覺→體現（我即我的身體）→即行動

─用「身體→主體」取代「客體→主體」

◎客體是存在於對「身體」的行爲與知覺中

◎梅洛龐蒂否認物質化身體，但主張身體是與世界接續與開顯的基礎，那是否會使存在的體驗轉向以「情慾」爲立足點，而非沙特唯心的、抽象的自存，也非梅洛龐蒂自己所謂的「知覺」或「體現」？

——沙特強調存在的「虛無」是先驗的，所以他只能表達不可明言的「存在的體驗」，但梅洛龐蒂認爲存在是體現的，是身體與外在世界融合發展的，所以對他來說，「體驗的存在」

——體驗先於存在而後知覺存在的狀態

梅洛龐蒂：靜默的深處
沙特：不可言說的深層體驗

知覺的特性：

1. 面向生活世界而開顯
2. 整合經驗而成就理性的認知（知識）
3. 整合時間、空間及內在外在，而建立人的統一性

◎知覺可否與佛陀的本性相比較／佛家所謂的「正覺」

開顯：人是被注定要有意義的

◎「我存在的意義是在行爲（行動）的結構裡被發現的」

可否與佛家的修行、佈施來做比較？

4. 知覺含藏於經驗之中／「當下即是」知識建構

◎身體〈知覺／行動〉情境→空間／不是邏輯上的次序關係而是三位一體

◎可否與佛陀的本性→心→念→行爲之果相比擬（體→相→用）三位一體

——論身體與空間／人與情境的基本關係（辯證生成）

——論身體與表現／人與情境結合（投入情境）的方式／體現

——論體現與物我合一／人與情境融合，存在狀態（意義）浮現「存在之韻律」

沙特

我 → 外在世界

存在問題根源（虛無）

卡繆

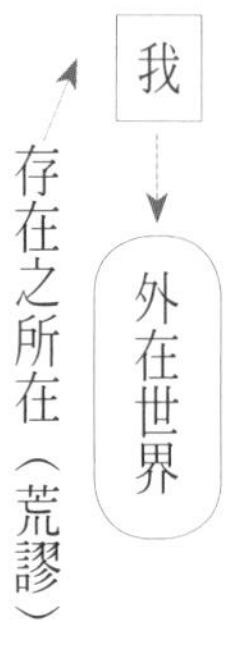

我 → 外在世界

存在之所在（荒謬）

梅洛龐蒂

我 → 境遇 ← 外在世界

存在意義之來源／體現

——論體現與感通／人文共鳴所共享之知覺不可見／人與人溝通的基礎
／人同此心，見心明性即成佛陀
◎體現是身體投入情境的姿態，是以不可見的去催發可見
感通是身體內攝情境的知覺，是以可見的去生成不可見的
兩者互為作用，構成物我合一的歷程（交錯）

你把東方的佛學與西方的沙特和梅洛龐蒂做了一個系統化的分析。消化這些系統，花了我不少時間來細細咀嚼反芻。

2月21日

信箱空了好些日子。

我連擺放焦慮的軀體都找不到空間。

今天終於有了你的來信。你說你似乎可以感受到我的焦慮，但是你要我務必了解，「我縱使走開一時，但是不會離開長久的。」

情人身體的溫度已然在指尖散去，但是容顏卻在心中烙了印。命運會把我們推向何方呢？淩駕時空的綿續思念，是一種無垠的、對美好回憶的自戀倒影，抑或是繫住行腳的絲帶呢？

不管如何，深刻回憶的心海，總是讓我們在那裡相遇、相擁。

3月19日

前些天，趕在三月六日前寄出你的生日卡片。三月六日，報紙寫著提防米開朗基羅病毒。

愛，是成長的唯一證明。卡片裡寫著這句話。

三月七日那天，你倒是打了一通越洋電話來，我正在睡覺，換你向我說生日快樂，蹺一天課吧，自己爲自己去慶祝一番。

我哪裡也沒去，也果眞蹺了課。傍晚，下樓晃到七十二街和哥倫比亞大道路口的咖啡店，喝了一杯咖啡，看看街上的氣氛，深深想念著你。你寄給我的信，地址恆一，是你租的一個信箱。而我在紐約的地址已經變了多次，且還會再變，因爲我又想搬家了。

4月5日

你說，我們何其有幸，生在一個東西相會、任我周遊的時代，但又何其不幸，徘徊在外爍、內省，或入世或出塵之間，而不能自拔。

也許，我們一整代人，大概都不得安寧吧。

台北人如是，紐約人亦如是，追逐美好，卻常忘了幽暗在旁趁虛而入。我們想要永遠美好，然而卻忽略了「幽暗」同樣是眞實自己的另一面，是生命的常態之一。

你的信，讓我想起在台北的那些日子，由於是大報的記者，出入高級飯店，出入美麗畫廊，有人逢迎，有人巴結，早忘了自己本身的能量，自己原有的創作資糧。如今紐約回首一望，才明瞭那個「自己」是多麼的不眞，虛僞，日久累積的世俗塵垢，早已掏空了我的原創力和從容的品質。當年的我不斷地依賴外緣的支撐，追逐鏡花水月，內在精神卻日漸枯竭萎縮。如今流浪紐約，在沒有外緣，只有依存內在能量之下，我的面目才一一浮顯。

而你今年在台北的工作一再遞換，四處流轉，也從外在走入了內在，度過了擺盪的心路歷程。

未料，你我的處境可眞相似啊。外緣既不可靠，我們只能反觀內省了。

5月20日

已搬了家，先行住到一個同學的住處兩個月。因爲她暑假回台灣，我好羨慕。但我並沒有多餘的錢可以買機票回台度假，何況我回台北必須住家裡，我們又哪裡會有見面的時空環境呢？

現在住的地方在新澤西市，隔著哈得遜河和曼哈頓相望。夜裡景色很好。

寫信告訴你新址。順便告訴你身旁多了個朋友，他的名字叫Tiger，一隻內向敏感的貓，有著虎斑紋，性情很像你。

紐約使人回歸自我，在孤獨中冷眼觀看曼哈頓的喧譁和虛幻，其實逐漸看到的不過是反覆沸騰的自己，反覆的慾望身影。

對你的感覺依舊強烈，但是觸摸起內在的變化卻日感隔閡。終於明瞭，兩地相思，考驗的不是貞節的問題，而是如何明明白白的問題。相思易守，但是情愛的考驗恆在，眞情無價，但是它不能是被架空的，不能端賴回憶來滋養根部。於是寫著信，突然萌生一股空虛，深怕這一切只是我自己製造的幻影，你在台北的心會不會早已漸漸飛離了我。

我眞的想回台北見你。臨睡前，我寫下了如夢似幻的這句話。

6月20日

你說你想去算命，信裡寫著SOS。求救的訊號，令我驚訝不已。

對於一個理性主義者來說，算命是逃避，也是投降。然而當Fortune Teller告訴你，根據那些不可知的力量，你仍然有救，某年某月你的救贖之日就會來臨，光環降臨，重現生機。

如此一來，懷疑和批判，也就把它擺在一旁了。

「我要如何重新回到失樂園？」你在信尾問道。安置心靈的方法，全世界人的課題，我在紐約稍有不慎，也是滅頂，我也還在尋找安身立命的路途。

7月2日

來信告知算命的總結心情：「人生要認命，做自己的主人。」認命指的是承受人生的波折起伏；主人，是指還我本性。如此何懼人生的浮沉。

很高興你有了不懼的心情。

然而在紐約的我，依舊有邊緣人之感。「To be or not to be」的問題恆在。

學校早已放暑假了，下一學期，我將在哪裡，也沒有答案。

9月20日

幾個月來，你的信已經擱淺在遠方，而我也正式搬進香菸工廠，一棟荒涼如古墓的建築物，人影縹緲。每個藝術邊緣人，在各自的空間裡或頹喪，或激進，一心想要進入藝術的殿堂。紐約何其大，想要出名，何其不易，但這些藝術工作者仍孜孜不倦。

收到你寫著暫時不再寫信給我的信時，我掉了一缸子的淚，然而隔海說不清，只能靜待機緣的來臨。我們在最近的這些日子裡，發生了一些對期望落空、想像錯誤等等的情事，最後終於讓這個愛的信箱斷了連線。

然而我的紐約生活卻才要眞正開始。

人生充滿了各式各樣的曲折跌宕，離情試煉，每一次都連根拔起。你在信裡，希望我莫辜負紐約的大千世界。

我清楚感受到愛的腳步聲在幽谷中依稀可聞，愛在心中依舊雷鳴巨響，然而時空的幽谷盡頭卻是沒有光亮的所在，一道尙待鑿開的死壁，而我們的力氣已經用罄了。

沙特和波娃那個晚上入了夢來，我見到在夢中的自己和他們倆對話，然後看到自己化成紙鳶，自幽谷中翩翩飛離，穿出霧濛，掠過濃濃溼意的森林，棲息在一棵最高的樹的頂端，昂首怔忡地望著遠方的一隅。

那個遠方即是台北的方向，生生世世的台北，有你的城市。

GOLD BOND 5/8 FS TYPE-X

畫室

(8/01-5/23)

我待在這裡比其他地方快樂，
然而也更沮喪，
它打開我的雙眼，
而我卻想闔上它
——溫德斯《美國夢》

紐約藝術的天空，
是許多畫家永遠追逐的夢想之一。

顏料罐子在光影游移屋子的午後，
呈現美麗圓滿自足的狀態。

不論驟去或緩謝，人間種種皆是要過去的。
唯有藝術在墳塚裡可能新生……
我因緣而渡，負笈紐約，以不斷地反覆皴塗的畫布，努力在上面留下刻痕，來作為我在人世的存在證明。

8月1日

暑假，學校還沒開課。

日子過得悶熱而慌張，思念的人永遠不在身旁。

到紐約學生藝術聯盟修點課，開始感覺內在的能量有了抒發的管道。

這個私塾學校曾出過幾位大名鼎鼎的畫家，其中歐姬芙（O'KEEFFE）是我較爲熟悉的。

可以上一堂課繳一堂課的錢，算是非正式的學生，在行政部門的櫃台繳了五塊錢後，到福利社去買了素描畫紙暫用。隨著指引，來到了老舊的教室三樓，給了班長收據，班長便幫我安排一個位置，並挑了個畫架給我。然後他就又酷酷地回到他的畫架前。

第一次看到裸體模特兒，感到一股熱氣爬上臉頰，不過也許只是因爲教室太悶了。邊素描著，邊想到了歐姬芙，當年她初抵紐約時，暫於聯盟附近不遠的五十九街頂樓落腳，「夏日一來，人在裡頭往往熱出一身汗，乾脆把衣服全脫光了，一絲不掛地作畫。」歐姬芙的傳記寫了這樣的話。

她在藝術聯盟畫室裡拍的黑白照片，活像個很帥的男生。

二十分鐘後，班長突然喊了一聲：休息。原本立著不動的模特兒，動作迅速地套上衣服，然後往擱於旁邊的袋子摸索著，掏出一根紅蘿蔔，大口地啃著，看得我傻眼；我想畫的是她此刻的活生生模樣，於是沒有休息，把歐姬芙拋得遠遠的，開始作畫。

8月4日

模特兒跑下來看畫，想知道別人怎麼畫她，繞到我的畫架前，她左擺頭，右擺頭地看著，突然開口和我說了話。她說，好特別啊，你好像在畫內在的靈魂，充滿著神祕感。

就這樣我和她成了朋友。

她的名字叫Gia，吉兒，個子小小的，輪廓很古典，身軀肉肉的，皮膚白皙，很像魯本斯、林布蘭特的肖像畫，非常適合用油畫表現。

可惜到了我手裡，美麗的外相全被剝除了，只剩下掙扎的靈魂。

難得的是她竟了解我的意思。

9月3日

吉兒突然從隔壁跑到我的畫室。

短促地說聲嗨，神情有著沮喪和嫌惡，似乎受了什麼委屈，叨叨說著她再也不幹模特兒了，再也不脫衣服了。我問她什麼時候不想做了，她忽然才想起現實的問題似的，緩緩說，可得看看什麼時候可以找到新的工作。我一聽，即知道她不會很快就不幹了，紐約市找工作的人每天多如牛毛，她當然不能太衝動，否則就要喝西北風，當流浪漢了。

二者，她皆做不來。我也做不來。

所以我們都沒有成爲流浪漢，只能做個精神浪蕩子。

照片看起來很像是女囚犯，瘦削，眼睛空洞，皮膚黑黑的，長髮有些凌亂。

註冊，看影片，選課程，被抓去拍了張拍立得大頭照，以便當場領學生證。

這學生證對我的最大好處是逛博物館有折扣，尤其是紐約當代美術館（MOMA）完全是免費的，以後逛到中城一帶，想上廁所就可以大方地跑進美術館上了。

9月6日

選完課程後，突然一陣寂寞襲來，回程走在二十三街附近，跑進一座公園看著鴿子。

天黑了才進了地鐵站搭上R車，身體晃著，晃著，眼睛盯視著鐵軌和車輪高速蹦出的藍藍火花，突然淚不聽使喚地掉了下來，旁邊的男人說了話，「Hi, Take easy! Take easy!」

回家想著在地鐵掉淚的事，仔細想是事出有因，因爲自己不喜歡學院的束縛，來紐約一直想做的事就是做自己，如果還要像以前一樣勉強自己去上一些自己不愛的課，那來紐約的自由意義就喪失了。

於是萌生著轉學的念頭，或者跟隨個教授學畫畫亦可，本來來紐約就沒有打算拿學位，這樣一想人才舒坦了下來。

10月12日

想跑去結婚的比利回來了，原先他想去找一個同性戀結婚合法的地方辦個轟轟烈烈的婚宴，也才過沒幾天，今天倒見他站在畫架前，悶悶地畫著。

休息時間，他走過我的畫架，問我工作找得如何，我說咖啡店長要我等一等，其實我知道等只是說給他聽的。那天我晃到東邊中城的新世界咖啡店時，見到那個穿著藍棉衫戴藍帽的酷酷店長時，我知道我不會得到這份工作，當時想的是這店長男孩是比利的男友。不過以今天比利的寡歡神情看來，也許他們分手了。

所有紐約的地下藝術工作者，全在這個城市的角落窩著、覷著，以端餐碟、煮咖啡、賣飾品、櫃台結帳……的空檔，張望他們的藝術天空，思索著什麼時候輪到自己上台呢？而我這個從台北放逐至此地的邊緣人，我該思索什麼呢？我作畫我寫作，我是爲了什麼？什麼將爲我所繪？爲我所述呢？

遠方的你，激情不再，相思已成了你事業低潮時陡然輕喚的一種無言惆悵了，以激情始，以靜默終；想至此，渾身墜入一種空茫感。

10月19日

上回試著寄一幅小畫給台北的你，今天你對我的畫做了些分析。

你說我的畫像是精神分析的素材，一個身形模糊的女子在陰藍的背景及無數面孔閃過的記憶裡，活在許多眼睛的窺伺陰影下；面對的是一個像佛陀般的形象，以作爲致力救贖的舟渡。

藍色，何其陰暗；眼睛，何其邪酷。女子如此薄弱，而佛陀似乎遙遠，這女子渡得過記憶之河嗎？

寫到這裡，電話突然大響，沒想到竟是台北的你，隔海傳音，駭了一大跳。彼此無言，只說保重啊。

保重，保重，兩地相思最被運用的語言，如今說起來卻是輕如煙。

來紐約盡量學會了不嫉妒，感情一如人身，成住壞空，總是不離這個本質的時序，既是這樣，何不打開心眼，鬆解彼此。

電話裡，對於我的紐約行，你總結了一句話：快樂就好。

我快樂嗎？掛上電話我望著糾結的畫作，冥想著。

10月28日

奇怪，連住了幾個地方都有老鼠。

10月30日

昨夜，被一陣陣的刮扯聲吵醒，扭亮燈，心想是什麼聲音啊，四處搜索著，疲僋的眼神在一些角落裡尋來覓去。然後陡然見到個黑影竄過，方嚇醒。是老鼠，原來是老鼠在用牠的爪子刮著畫。

把油畫拿到燈下檢視著，發現畫被爪子抓得一束束的，好像抽象畫般。心裡也不瞋怒，不過倒是要叫房東來抓老鼠，畢竟老鼠會咬布袋，挺可怕的。

（左）曼哈頓某家畫廊的窗台
和展示作品諧和地搭在一塊之景。
（上）在這個異鄉角落，
我跨過了羞澀的門檻，
逐漸找到身而為人的力量與靜肅。

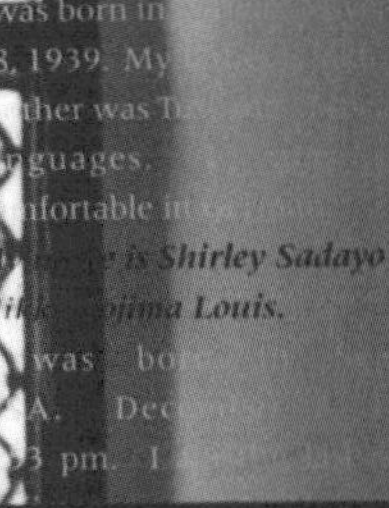

My name is Renata Cinti.
is Salvador Gonzale
is Mbili Tissot Duger
is Shirley Sadayo
Longley Cochran.
is Julyana Soelistyo
is Jay Kabira.
My name is Pak Peon Jeong.
is content in Burma. Leave it be. The Buddha has
Ivars Mikelson

11月2日

畫室有天窗，當自然光源從天窗打進畫室時，即使不作畫，也會有一種美麗的心情。我常常望著天光上的玻璃，瞇眼望向屋頂，晴天時，薄薄的霧藍淡淡地落在玻璃上；雨天裡，陰幽的赭灰色，伴著滴滴答答的聲響，好像是大自然現象裡的因緣隨機說法似的，當下給畫畫者一個棒喝。

然而繪畫不是浪漫的，許多人把浪漫的心情移植到繪畫上，結果作品都不怎麼樣，只是在表象裡塗抹的浮面味道。眞正的繪畫元素，是要思索的，是要通過心靈感悟的。

在畫室裡，也常可見到自私的人性，有的人爲了占據一個好的位置，把自己的畫材顏料擴散領域，而不顧別人也要作畫。由於油畫要一星期左右才會完全乾，因此畫完畫作，通常都會擺在畫室的架子上，等過一陣子再拿回家。可是發現許多人在拿畫的時候，很不小心，把別人未乾的顏料沾亂了也不管，但卻非常呵護自己的作品。

我覺得藝術應該和生命同步，一個人的私心，定會反映到作品的格局上。

11月4日

風還是挺涼的。

地鐵內，假日裡總是充斥著音符，有的吉他旋律讓人感到一股蒼涼的流浪味。七十二街，一個中年女人自彈自唱，歌聲裡好像是大地之母，一切苦難過去了，繭增加了厚度，人生再也無懼之感。比聽大都會的歌劇還貼近人生。

四十二街的地鐵藝人，今天是一個吹口琴的東方人，東方人見到東方人，眼神會稍稍移動，避開交會，好似有一種同胞之情。偷偷丟了一塊錢，然後就快速跳上開往下城的N車了。

紐約地鐵永遠給予我許多的繪畫啓發，線條、速度、明暗、慾望……，偶然，邂逅，事件，每一天在上演，落幕。你前一刻才感傷，下一刻倒又歡樂了。

最近，我已完全放下了中文寫作，只是不斷地畫著，不斷地行走，過活。呼吸一種過去所完全沒有的空氣，目視全新的感官經驗，在這個種族櫥窗裡，大千大海裡，我感到作爲一個人的單純快樂與落寞，徹底世俗，或絕對昇華。

12月3日

前往畫室的途中，見到街上的塗鴉發著一種強而有勁的筆力訴說著，「Do or die Create you exist. Keep grown is only evidence You Exist.」保持成長是存在唯一的證明。我看了這句話，一直盯著牆，看著歪歪扭扭的字體，心想是哪個人寫下了這樣的話啊。

保持成長，才能證明存在。如此一說，我突然感到自己的大片空白，因爲我並沒有成長，何況還要保持成長，那麼我的存在在哪裡呢？

在紐約畫的畫作，可以證明我活過這裡，活過這段不復回歸的歲月，可是我的人呢？人卻在消亡狀態。

慢慢踱到畫室，畫室內大夥已占據了所有的好位置，好位置也就是說可以看到模特兒的正面，或是斜側面。我常常畫的是模特兒的背面，反正也沒有什麼差別，我把每個模特兒都畫成了我自己，我的陰影，我的眼淚，我的相思。

不過今天我卻一直盯著模特兒的背影，看到入了神，看見模特兒的毛細孔，模特兒呼吸的韻律，背彎上一點點的起伏，像無邊無盡的荒漠沙丘，而我是那個沙丘之女。

12月22日

好凍的天。

扭開水龍頭洗著筆，水龍頭邊邊已經站著一些人，交談著，嘴裡吐出一圈圈的白氣。冷水，筆洗得不太乾淨，倒是雙手給凍得紅咚咚的。

走出畫室，雪花飄飄，好美啊，跑到中央公園裡坐了一晌，望著白茫茫的城市，喜穿黑衣的紐約客瑟縮著頭，白人的血管浮映在皮膚上，清晰得像是一條條的紅線。

翻開素描本畫著眼前的枯藤老樹昏鴉，歲月靜好，也不過如此吧。

12月25日

天氣很冷的早晨，打開咖啡罐的那一刻，心頭總是會浮上馬奎斯短篇小說《沒有人寫信給上校》的開頭幾頁，上校揭掉咖啡罐的頂蓋，看見裡面只剩下一小匙的咖啡了。他把咖啡壺從火上移開，把水倒掉一半在泥地上，再用小刀刮乾淨罐內的咖啡，連罐底帶點鐵鏽的也刮起來，一起倒進咖啡壺裡去。

十月了，這是一個難捱的早晨，即使是像他這樣的一個人，一個雖然曾經捱過了許多個像這樣的早晨，而仍然活下來的人，如今也是難捱。

我一直記得這些句子，曾經牢記了下來，如今在異鄉的冷天早晨，想起的不是情人而是馬奎斯筆下的上校先生。

咖啡的香味讓整個心稍微清醒了些，隔夜未竟之畫，再度端詳，還是不知如何下筆。索性出了門，跑出去買甜甜圈吃。

12月27日

前些天台上的黑人模特兒倒是和我說了些挺特別的話。他問我爲何要這樣畫他，我說我覺得他有一顆很老的靈魂。他聽了頗有同感地說，是啊，我的確有一顆很老很老的靈魂了。

說完這話的隔天，他帶了一本書要給我看，說我的畫就有點像是書裡面的插畫。我翻開一看竟是塔羅牌的畫。我想大概是因爲我的畫充滿了神祕幽玄之感，所以他才會覺得相似。其實本質有很大的差異，但我一時不知該如何講，於是就向他直言，我並不需要像誰的畫，每個人的作品都是獨一無二的。有人畫外面，有人畫裡面，這是每個人不同的認知和體會。

我想畫作沒有好壞，只要做自己就行了，把自己放進畫作裡，看看自己的生活，勇於承受和接受自己的點點滴滴。而台上的模特兒不過是自己生命的反射罷了。

1月6日

台北的你看了我往後的畫作說，精神境界和稍早的已經大有不同了。

稍早的作品滿紙幽暗，唯有一雙孤零零的大眼，冀望於虛無縹緲的佛陀。而現在的作品，可以看出內心世界仍有些幽暗，但是天邊旭日已升，光彩引人。

一雙大眼仍顯孤零，驚怖的神色卻已減輕不少。

繪畫可以是心理治療，紐約使人漸漸回歸自我，抖落台北，進入紐約，才會看見一個更美麗的自己初生之面目。

You have to try. 老師在講台上說著。

How did you got idea? 他又問。

直覺、材料、線條、輪廓、軟硬、冷暖、尺寸、位置、形式、韻律、空間……，老師講得口沫橫飛，我卻在台下呆若木雞。從印象派說到立體派，我昏昏欲睡。

下了課，跑到附近的公園吃三明治，倒是突然想起之前看的書，梅洛龐蒂曾經寫道：「繪畫不在強調作者的描摹功力，不在覺得鮮彩動人，而在作者可洞徹可見者之外的世界，將不可見的表現出來，這是繪畫所表現的最重要和最特出的地方。」

突然了解了為何自己一直畫的是模特兒的內在了，原來我想表現的是不可見的部分（Invisible）。

2月1日

窗前大雪，今年紐約的雪量可眞驚人。

從畫室走到洗筆台，窗外無聲無息地飄飛著細雪，那一刻感覺身心內外都好安靜，心不再起作用，只是靜觀一切。

走出畫室的大樓才知道雪已經下了好一陣子了，路上堆積著層層的雪，踏起來有厚實感。穿越中央公園，風將雪吹颳到臉龐，些許的刺痛。

喜歡這種歷歷如眞之感。

其實今天的心情極差，早上六點，母親打電話來，她劈頭問我還要讀多久啊，趕快回台灣賺錢啊之類的話。末了又說台灣現在經濟很差，房子空了好多，哥哥的建築牌照今年沒有人要續租了……叨叨說的不外是要我回家。

不管我離家多遠，母親關懷似的叨念永遠如影隨形。

我向她說，沒錢就回去，自己找到打工機會，賺了錢就再繼續畫圖。遠方的母親聽了尖叫著，回台北準備嫁人啊，難道要讀書讀到成了老姑婆啊。

每每和母親通電話總是通得心驚膽跳的。

其實我也不知道未來在哪裡，只知道最壞的都應該已經過去了。

2月3日

快沒錢了，考慮把學生簽證轉到學生藝術聯盟。負責核發簽證的學生顧問瑞貝卡來畫室看我的作品。看了我的畫，一向嚴肅的她，臉上露著笑容。她說沒問題，她會給我學生簽證，但我必須成爲該藝術聯盟的Full-Time學生，也就是週一到週五，都得全天上課。然後還提醒我若要成爲專業的畫家，一定得選修素描課。

你太野了。瑞貝卡說。

我看著沾滿顏料的雙手，向她會心地一笑。

很開心我就這樣成爲他們的學生了，如此一來我可以省下五千多美元的學費（視覺藝術學院的學費高達六千五百美元左右，而且還不含材料。）

(上)在中央公園冬日的速筆寫生。

(下)在五十七街學生藝術聯盟的素描課，速寫人體的部分習作。

2月12日

台灣的農曆新年快到了，我在繪畫課裡畫了一張圍爐的新年畫面，又寫了春、福等中文字，許多洋同學看了都覺得有趣。

今天早上睡遲了，坐地鐵時，車廂擠滿了度完假的上班族。課堂上畫畫，望著站立的黑人模特兒，突然想畫出一個勞動婦女精神的圖，踩在土地上，挑著鋤頭，只是該讓土地長出什麼花呢？還沒有答案。

下課，和琴妮一同拿畫走路回家，畫滿重的，左手右手，交換地走走停停。她說爲何我都是畫大畫比較多；我想了想，沒有很具體的原因，不過也許因爲我畫了太多自己的記憶、故事、愛戀、慾望、覺悟等等之類的集合，所以大畫比較能容得進這麼多題材吧。

其實畫室裡每個人的畫都是自己的一面鏡子，無論從技巧切入或是從內在切入，都是一種自我的反射過程，和畫布尺寸大小關係不大。

2月21日

今天又是一週上課的最後一天，即週五，模特兒跑下來跟我說：「下課後可以和你說話嗎？」我點頭，心裡有點意會她大約要和我談畫。果然，下課她穿好衣服後，來到我的畫架前，前看後看的，然後告訴我她很喜歡我的畫，我把她畫得很有生命力，她第一次在當模特兒的時候讚美他人的畫作，她問我這張畫要賣多少錢？

我靦腆地搖頭，我不知道如何開價，我還沒有賣畫的心理準備。於是我向她說我從台灣來，家人支持我來紐約學畫，我可得帶些成果回去給家人瞧瞧。

這時候把家人抬出來她比較能接受。

但我很後悔一時心軟，竟告訴她也許我可以畫一幅相似的畫作給她。現在仔細一想，哎，我怎能答應她呢，我是沒辦法再複製相似的感情和筆觸的。

3月3日

悶著頭走出畫室，在往下城方向的地下鐵遇到畫室裡那位有著很老很老靈魂的黑人模特兒。今天他戴著一頂紫色的尼龍帽，帽沿上泛著些油光。

我覺得我今天似乎傷了他，因爲他講話習慣用手摸肩和手部示好，我竟帶點兇巴巴的口吻說，請別碰我。話一出口，就覺得罪惡，見他被刺了一下的瞬間落寞了起來，說了一聲對不起，就逕自踏步走了。我於是追向前，也向他說聲對不起，邀他一同在聯合廣場逛逛，看看舊唱片之類的。

走累了，我們一同在公園內呆望著鴿子。他說，他告訴了他的一位靈修老師有關於我的畫，因爲我在他的手掌上畫了個眼睛。他的靈修老師說也許我前幾世是個Shaman。

Shaman?

怎麼會呢?說我是僧人、巫師?!他看我納悶的表情，旋即又說Shaman不一定是這些意思，它也可以是指心靈醫師。「哦!」我了然地點了一下頭。

我很好奇他會當模特兒的工作，他說生活嘛，自己喜歡就好。他說他住在紐約三十一年了，我哇了一聲，但他卻緊接著搖頭說他覺得挺累的。「可以搬到上州（Upstate）啊，聽說那裡風景很宜人。」我說。「但是那裡不容易找到工作，而且……」「而且必須有過簡單生活的決心才行。」我幫他接了腔。他笑著說，對啊。

說了一會兒話，感覺像上輩子就認得似的。才這樣想時，同一個畫室的日本同學小林園實正好走來。

於是小林和模特兒繼續聊，而我則往下走一、兩個街區，拐進畫材店買顏料。挑好顏料，丹尼爾不在店裡，頓感無聊。下午的冬陽斜斜打在紅磚牆上，枯索中的蕭條感，有個流浪漢躺在街角，旁邊是僅有的家當，家當放在超市常見的推車裡。忙碌的腳從他身旁走過，有隻貓還在他身上攀爬著，我看著看著，突然看出一種興味來。觀望一陣，才發現那貓咪也是流浪漢的家當，牠是他僅有的親屬。

而我在紐約連一個親屬都沒有。在異鄉，稍一不察，人很容易陷入一種自憐的情緒。這種情緒非常不好，但是它一旦來襲了，擋也擋不住。於是我就想轉移情緒，最好的方法就是跑去看一場電影。十一街和第二大道正好有家SONY戲院，之前看《村聲雜誌》（Village voices）介紹一部電影，片名HATE——恨，恰好還在上映，於是便買了票。離上映時間三點還早，便一個人坐在路邊的椅子上，看著百看不膩的街景，淨想一些有的沒有的瑣碎雜事。

心想，也許，我也該去認養一隻貓。

3月9日

下雪，下得很美。不厚，樹的形狀在雪的籠罩堆疊下，猶然清晰可見。好像天天都在過耶誕。紐約今年的雪量驚人，名副其實的三月雪，宛若花名。三月還下雪，恐怕是最後一場了吧。

每每在挑高的畫室，由落地窗望向天井，心中只有「靜好」二字。怎麼形容雪景？怎麼描述當下心情？我想只有保持沉默。

簌簌無聲的和雪同飄零。

把畫至一半的畫擱下，擺放在高高的架子上。那一刻，我和畫脫離了主從關係。我只是我，畫只是畫。

走出畫室，卻見早先的雪已多方泥濘了。初雪的白靜則已烙在記憶的深處。

4月3日

往畫室的路上，今天突然多了個擺舊書攤的黑人小販，小販對著我猛喊：嗨，Beautiful! Beautiful!連說了好幾聲，我沒理逕自行過。突然想到手裡抓著要寄回台北的信，於是又折回原路，信箱恰就在小販旁邊。小販見我折返，又說了句，You Are Beautiful. No.1 No.1，他這般大聲吼，害我都不好意思起來，太誇張了，於是只好回應他，給他一個微笑。

突然感到一陣羞愧，羞恥於自己對他的防衛心理。看他多麼盡情於自己的感覺啊，我在路上尋思。

感覺小販的生活自在又實際。

反觀畫室，突然感到閉關自守的畫室裡缺乏生活的味道、厚度；打了背景光的模特兒，被擺佈著身體，靈魂囚在不快樂的軀體裡。下課，我問今天的模特兒，問她是不是不快樂？她說，咦，你怎麼知道。她是羅馬尼亞人，她其實不想當模特兒，她想當畫家。

我點點頭表示了解，於是便邀她哪天一同去中央公園素描，這時候，她眼睛才有了些光采。

4月5日

四月了，紐約還在下雪，露天的地鐵站，等車的旅客縮著頭，穿著黑大衣，著黑手套，戴黑絨呢帽。一切都是黑壓壓的，只有嘴邊吐出的氣是白的，白煙茫茫，白雪靄靄。

地上溼溼的，雪落地成雨水，淒淒清清。

近來不知爲何突然連作畫的能量也喪失了。

一早沒有去畫室，卻還是出了門，去了地鐵站，呆呆地看著雪，望著雪中的人，人們灰灰的臉，和自己蒼蒼白白的心情。

看了幾列列車駛進地鐵站，然後又氣嘟嘟地駛遠了視線。

漫步瑟縮地又步了原路回去。

躺在床上一陣。突然有打電話回台灣的衝動。

遙遠彼端的那一頭卻傳來一個女生的聲音，她說我要找的那位先生，可能請一個星期的假喲。落寞地掛上電話，心裡飄忽而不定，意識紛紛流轉。請一個星期的假?意味著你思念的人休假了，沒有告知的休假，是休什麼假呢?不在他身旁，那他是如何度假的呢?

作爲孤獨的異鄉放逐者，若沒有夠分量的愛情支撐和夠清明的心以了解客觀定局的孤獨，幸福感是永遠不會降臨的，幸福若只依賴片刻男人的探望擁抱，又能幸福多久?哎，問相思和愛情爲何物，豈不是給自己下難題。

至少我已經勇於出走了，出走，已是打開人生僵局的第一步；現在要破局，打開人生的格局。藝術就是打開生命格局的媒介，我在畫室裡繞步走著，望著滿牆的畫作。搖搖頭，心想這些都還只是畫作而已，還稱不上藝術。作品走到二十世紀末，要怎樣持續地給人們精神能量和醒覺呢？形式又如何維繫？眞理之水放到任何的瓶子都還是眞理之水，所以內容才是泉源。

如何覓得清泉？當下念頭紛雜。

我從作畫的習性，了解了自己的個性，急切、不喜重複、愛幻想。

現在我要從作畫的內容，來解剖自己。於是我又拿起了畫筆，嘗試在蹺課的這一天裡，也能有所作爲，雖然並不容易。

4月6日

台北的你在信中提到，希望我能在紐約異鄉觀得自在，返回台北能天清氣朗。一時之間，想到自己的紐約生活，散漫交織著無邊的惆悵，情慾擺盪在谷底裡，回望削薄的軀體，突然感覺一大片烏雲蓋了下來，離天清氣朗愈發遙遠起來。

繪畫是當下我唯一想到可以幫助我清明的工具，繪畫比書寫來得直接，繪畫可以更純粹，繪畫的共鳴迅速，繪畫接近一種精神治療。

於是我把自己放在畫布面前，藉著繪畫這條擺渡的舟子，讓我到達彼岸。也許到不了，但總之是一旦啓動了能量，我將會直到用罄，否則不會停筆罷休。

4月12日

台北的朋友問我，紐約那麼亂，可以創作嗎？可以啊，我說，對於繪畫而言，這個城市具有開發能量的魅力。

(上)油畫人體和靜物作品。

(下)待了一年半的畫室。

紐約較熟的朋友卻又問我，台北那麼亂，可以創作嗎？可以啊，我又點頭，因爲台北是我的根啊。

創作和地域有絕大的關係。

4月14日

昨天詞窮，今天倒又覺得自己像座火山，平常沒煙沒息的，一旦爆發，卻是沒日沒夜的，不可收拾。

畫畫有脾氣的這份勁道就好了。

4月16日

腫著雙眼去畫室。本想賴在床上，找些理由蹺課的。然每每思及不去畫室的話，那麼來紐約的意義將會喪失大半，於是還是去了畫室。

琴妮第一個發現我腫著眼睛，怪叫著，一定被台北的情人傷了心。

沒有啦，我無力地說著。她說這不像我，她在我身旁叨叨說著，野女孩的熱情哪裡去了？

然後是小林園實跑來身旁問我，要不要養貓？

我心想，好耶，租的地方老鼠猖獗，上週已經破紀錄，共有十二隻小老鼠被黏在黏鼠板上，動彈不得，直到緩緩死去。

害我夢裡老是夢見老鼠來騷擾，畫作也出現了愈來愈多的刮痕，成了鼠輩的傑作。怪就怪在隔壁樓下開的中國餐館把牠們給吸引了過來。

於是，我說，養貓，好啊。

小林園實說我好善良，她不知道我是有心機的。

4月18日

再三讀台北的你寄來的《憂鬱的熱帶》。

心裡頭惦著這本書，因是你寄來的，書本多了情意，心頭盈著熱度。

人類學家跌宕在原始和文明之間的游移思索，部落和城市鄉鎮的拔河不休，也許一如動物的相剋相依吧。還沒看畢全書，我已經等不及地想要知道李維史陀是如何看待這個生態城鄉的食物鏈，在人類干預自然環境下，食物鏈的本質已經被改寫。有的當然還是相剋如昔。

我的天敵就是自己的個性。

4月21日

一直記得文溫德斯在他的《美國夢》文章裡說：「我待在這裡比其他地方快樂，然而也更沮喪，它打開我的雙眼，而我卻想闔上它。」

今天這句話又在心頭響起，當我在洗筆台內洗著筆時，四周的水聲嘩啦，洗筆時是最好的談話時機，許多人會把方才看到你的畫的感覺在那一刻裡說出來。

不過大部分的人都是在做一種善心的對話，因此每個人都說著Nice! Nice! 之類的話，要不就是Fantasy之類的，都是籠統的讚美辭，倒不是沒有眞心話，而是其實眞正看得懂畫作裡之藝術成分者並不多。

一個上午關在畫室裡，下了課，突然熱情橫生被切斷，後面的學生已經陸續進來，想繼續畫都不行。

所以常常爲了把淤積的熱情燃燒完，通常一時之間無法回到租處，我會去逛街，不斷地走路，然後觀望夠了，才筋疲力盡地回到窩裡。

這是我在紐約生活一段時間後，才搞懂自己爲何上午極精神（作畫），下一刻倒又是極物質（逛街），原來是爲了把淤積於心的那股熱情揮發掉，免得燙了心口。

4月23日

今天發現隨手記錄的東西才是最純粹動人的。

筆記本裡寫著出國前隨手記下來的話，那是出國前，眼中的台北，也就是此時此刻所思念的故里。

人爲什麼要去想念一個遙遠的地方呢？

是眼前的杯子近，還是台北近？是要去牽掛當下的生活，還是台北無止境的過往？

混濁的煙塵，淹沒台北，讓人永遠踩不到底，無目標的流動從身後湧來，抓不住的節奏感，常常有不知身處何地才能見到太陽的深沉感。

一直記得的是，離台前，頹喪而寂寞的一年，悠悠長長，既是邊緣，又身處中心。

在社會學裡，邊緣人就是那種永遠處於「To be or not to be」的人，不斷追問站在邊線的自己到底要「站」在哪裡，老是游移，不確定；縱使心有所屬，不久又會快速幻滅。可以找出一大堆這類人種，移民者、吉普賽人、猶太人、流亡者……現在又加了個「我」。

4月24日

夜晚來了，時間晃得特別快，無所事事的一天。

朋友問我，如果有一雙翅膀可以飛翔的話，想飛去哪裡？我說飛去台北啊，飛去看我的愛人。「那這一定是一雙注定悲涼的翅膀。」當我說出愛人這兩個字時，心底浮出了這句話。

離台前，有一首歌唱著，孤獨是可恥的。

一直不解，對我而言，孤獨應該是面對生命最清醒的時刻。

這就是爲什麼我可以一個人在畫室裡待那麼久的原因之一吧。面對一張白紙，如何開始第一筆？許多人看著畫會這般問。

我也不知道如何回答。

去蘇活看畫展，蘇活區已日漸商業，藝術淪爲商品的陪襯，實在令人難受。

4月27日

好像要開始寫作了，拿出紙來，腦筋卻如一片死水，還是沒有寫中文的力氣。

決定跑去畫室上素描課。

裸男躺在眼前，琴妮跑來身旁悄悄說：「Oh, My god, so huge!」天啊，好巨大啊。琴妮說的是男模特兒的那個地方。末了，還說還沒怎麼樣就大成這個樣子，那要是變硬了，還得了……，然後我才從專注畫布中，抬頭望向裸男，果眞大得離譜。四周的許多女同學亦紛紛交頭接耳，安靜中一時竟暗潮洶湧。

5月6日

出了畫室，突然覺得好累，回家，睡了一會兒回籠覺，醒來窗外雨意綿綿。披了外衣，從住處七十二街和百老滙大道口穿過哥倫比亞大道，穿過公園路，經過約翰藍儂和小野洋子的往昔住處，走到了中央公園。

內心感到一份美好的寧靜感緩緩滑過心底，心想這才是眞實世界啊，和畫室的封閉與幽暗完全迥異。

初春，花已抽芽，蓄勢迸開。粉紅若梅花的樹卻已是落英紛紛，花魂在雨中黯然低語著，偌大的公園因爲大雨而無人，感覺殊異。

越來越喜歡中央公園，不知道這是不是意味著自己老了。

穿出中央公園，晃去大都會博物館，由於學生可以不用買全票，便爬上階梯到博物館門口，一到門口，卻見人滿爲患，於是便放棄進入館內，倒是晃去第五大道走走。

紐約博物館永遠是人潮滿滿，眞不知這些旅客是爲了告知別人說來過大都會博物館，還是眞的爲了喜愛藝術作品而來？

今天搭了PATH線路的地下鐵抵新澤西市，到一棟香菸工廠看裡面的工作室，看過後，當下便決定要搬去住。不過得等經理給了合約書才能定奪。

此決定如果成眞，又將改變我的行程。

命運是選擇下的結果。

我的作品不是爲了展現才華，而是爲了表達生命，我不斷地提醒自己，要清醒。

5月9日

新澤西市的畫家朋友因問起我的星座而提起她的妹妹，因我和她妹妹都是雙魚座。畫家朋友說她妹妹本來要來美國念書，卻懷了孕，幾年後，又想去德國，卻又懷了孕。於是便把所有的畫具統統收起來，乾脆把做母親的事先做好再來談自己的繪畫。這令我想起這種對人生採取的隨緣態度，許是中國文人的能屈能伸吧，把個人英雄色彩降到最低，以家人爲己任，順應機緣。但是反方面來說，女人爲了家庭小孩，犧牲個人創作，犧牲追求另一種生活的夢，也是周遭裡常可見的例子。

難怪有個男性朋友即說，女藝術家要堅持下去可眞不易。

5月14日

關在畫室整整一天，白天進去，黑夜方出。感覺十分奇特，好像紐約大白天裡的一切都和我沒有關係。

悲苦之後展顏而笑，這樣充實的一天，讓我思起佛陀在菩提樹下的悟證之路，走出菩提樹下的佛陀，不也是形容枯槁，但卻是微笑示眾。

現階段裡我要忍受的是孤寂，靜默。

歸零，時時刻刻歸零。

每一天都是全新的我，讓台北的舊夢飄離遠去吧，「你現在在紐約。」我告訴我自己。

5月23日

要放暑假了。

畫室充斥著離別的情緒。

法國同學Kiki很可愛，給了我一個法式的道別，左右各兩個吻。

很多的櫃子已空了，天氣轉熱，確實不該在畫室待著，許多人已經在計畫旅行。

問起我，我笑著搖搖頭說，可能留在紐約市吧，哪裡也不去。他們露出了同情的表情。

中午和教授Mcindoe說再見，白髮和藹的老先生，推著眼鏡，向我說，你的想法一向很獨特，可是技法還是要多練，你的作品很有特色和生命力，但是你常常衝出了力量，卻不知如何收尾，這樣是很危險的。

下午和教授Sherrod說再見，熱情的他，執起我的手吻別。喜愛研究星座的他說，你是雙魚座是吧，沒想到他還記得。「你有得是智慧和能量，可是你的力氣花太多在愛情和思維上了，你只要儘管去創造你的夢想，不要在意別人的眼光。」

一個要我學習收，一個要我學習放，正好是一體的兩面。修他們兩人的課，讓我感到學習的快樂和奔放的熱情。

(上)和尼克在Coffee Shop聊天，
邊聊邊畫下了這個塗鴉。
當時我們談到了羅馬，
中間的環形狀體即是羅馬露天劇場。
(下)中央公園的冬天樹景線條糾結盤錯。

柴米油鹽

(2/10-2/19)

一隻貓
一個女人，
昏暗的光線。
午後，睡覺打盹，
時間是凝結的，
心情卻是浮動的。

在下城擺畫攤，
是許多紐約人生存的方式。

投入心力、情感愈多，暗中累築的希望就愈重。
單身女郎放逐異國，又或者在任何一個城市，
同樣要面對生活裡不斷傾倒的慾望來襲。

2月10日

過了大半年的紐約生活，原先帶來的錢早快撐不下去了。於是今天換了兩班地鐵，想到五十四街的「新世界咖啡店」找打工的機會，見到店裡的人較少了，才鼓起勇氣入內。店長看我在櫃台前磨蹭著腳步，先就問著，需要什麼嗎？我報上了畫室同班同學比利的大名，說是比利叫我來這裡碰碰運氣，看你們缺不缺工讀生。「比利！」他眼睛一亮。店長問我叫什麼名字，「妮娜。」我說，他聽了笑說新世界咖啡店的經理和我同名，我心裡卻想到和我同名，應該也叫作「鍾文音」，然後才想到他說的是「妮娜」這個名字，兀自笑了一下。

「尼爾。」他自我介紹，然後說現在不缺工，不過，可以等等看。拿出表格要我填一填，表格問的不外是有沒有經驗、有沒有犯罪等，最重要的是要填上社會安全號碼（Social security no.），進入紐約就學的第一件就是到移民局取得這個類似身分證的號碼，我隨時把它抄在筆記本裡，填上了096845969。這個號碼有點像大哥大手機的號碼。

寫完後，交給尼爾，尼爾說他會考慮看看，再通知我。我看得出來不會被錄取，原因是真的不

缺工，他打開抽屜時，我瞥眼見到了許多的履歷表堆著。約是神色浮上一層落寞，尼爾請我喝了一杯咖啡。

咖啡的味道應該是曼特寧加上巴西，口味還不錯。

於是也就沒那麼失望了，其實打工的心情我也還沒準備好。

回程的路上，想起比利，突然感覺剛剛那個尼爾應該是比利的男朋友，他們倆都是同性戀。

2月14日

穿過聯合廣場，走到十一街。

賣畫具顏料的專賣店。

店裡頭的兩兄弟我都認得，買材料買到認得的。尤其是那個喚作丹尼爾的弟弟，店裡頭的人都叫他的簡稱：丹，我覺得「丹」聽起來像是「該死」的同音，有時會故意多叫他的名字幾聲。他特別喜歡亞洲女孩，沒事就送我顏料、畫材什麼的。有時如果剛好我去了，他想休息，我們就會靠在店的牆上，他抽他的菸，我看我的街，或是聊天一陣。

那天，他問我還好嗎？會不會繼續待下來，我說，要看看能不能找到些打工的工作。他說何不來他的店裡做做，他哥哥是經理，一切好說。

於是我就這樣找到一份工作了，而且還常有在運送過程中被壓壞的顏料或紙張等畫材可拿，所以今天很是快樂。

也許因為快樂的神色，有了些亮麗的光彩，在輕鬆走回地鐵站時，有個騎腳踏車的人朝我喊了一聲：嗨，你看起來很亮麗喲。他用了「Gorgeous」這個字，這個字的意思是華麗的、燦爛的、宜人的。

這是一個令人愉悅的英文單字。我希望每一天都能聽到。

2月17日

今天下午沒課，於是去畫材店報到，Part-Time的工作，排時間很容易，只要向店長打聲招呼即可。

丹尼爾知道我要來，還帶了三明治和果汁給我。

到了下午三時，丹尼爾想休息，邀我一同去外面靠牆抽菸。他方幽幽地說起，他的女朋友是香港人，我心裡「哦！」了一聲，怪不得他會喜歡東方女孩。然後他說起他的苦惱是他和女朋友生了個小孩，一起照顧小孩，可是女朋友很不負責任，態度也很高傲，只會要他存的錢。「她也是畫家。」他說。

我想，該不會是買畫材的時候認識的吧。

我聽了，聳聳肩，不知該給他什麼樣的安慰。

今天在畫材店打工要交班時，丹尼爾給了我一張單子要我填寫，我填了一半，才發現這是要報稅的單子，而我是不能打工的，若是移民局發現就慘了。

於是我告訴了丹尼爾，丹尼爾才訝異的問我，啊，你不能打工。然後他也很傷腦筋，因爲公司規定一定得報到政府單位。

最後，爲了不要給他添麻煩，我就說那還是不要再來上班了。

那你會領不到工資的。他說。

我想了想便說，沒關係啦，好在也只做了三、四天。

這樣好了，這些天的工資就全轉換成材料好了，你想搬多少，就搬多少。他說。

天啊，那更好。我本來就是想來賺繪畫材料費的，我說。丹尼爾聽了很高興，覺得他自己想的辦法眞好。可惜，你就再也不能和我一同上班，抽菸聊天了。

是啊，更可惜的是，吃不到你的三明治。我嘴裡這樣說，其實心裡還是悵然著，畢竟好不容易才找了一份和繪畫有關的差事呢。

2月18日

這幾天又開始看報紙的找工欄，在翻閱的當下，意識卻飄去了皇后區大陸室友娣娣她的管家打掃工作。突然想，到紐約的異鄉客，往日的雄風皆不復見了。娣娣從俄國史老師變成猶太人家庭的管家。而我，往日的記者工作，每天參加記者會，喝咖啡，逛畫廊的，如今卻得爲了學生身分找一份地下差事做。

當初娣娣找工作都是到中國城的職業介紹所去尋覓，她說必須先付押金六十元，找到的也無非是一些看管啦、餐廳端盤子啦，好一點的是文書之類的。但是她初來美國英文書寫尚不行，只好先往勞動的工作尋覓。

她去找工作時，若要再考慮，通常她向對方編派的理由是：「等我回去和我先生商量商量。」其實她嘴裡的先生就是我這個台灣室友。她回來說給我聽，聽聽我的意見。其實我也幫不上什麼忙，只問她，對方是否夠尊重女性、付的價錢如何等等。

後來她決定先去一家傳統的猶太家庭當House keeper，每天她要出門前，正好是我要去畫室的時間，有時在走道相遇，她總是用她那一口字正腔圓的國語說著：「哎，又要去幹活了。」那個「幹」字啊，聽起來特別有趣。她下了班，我倆又在廚房相遇，我煮我的義大利麵，她熬她的米粥。「幹回來啦，累不累?」我問。「累啊，幹外國人的活可眞累啊。」

兩個女人從早到晚「幹」字不離口。幹活，在大陸人嘴裡就是工作的意思，比「工作」二字，更貼近勞動生活的色相氛圍。

「有一天，我打開櫥櫃要打掃，差點沒暈倒，你知道嗎，櫥櫃掛著滿滿的假髮，乍看像是藏著人頭，差點沒把我嚇死。聽說我的那個猶太女主人是剃光頭，每天戴假髮。」娣娣有時會把打工的奇聞異事說給我聽。

記得有天我向娣娣說我也想去找個工，幹一幹。（工，乍聽和「公」同音，我自己這樣一說，又學了大陸腔調，都覺得好笑了起來，娣娣沒發現。）

好啊，不過，你長得一副瓷娃娃的樣子，出外幹活要小心別上當了，娣娣說。

哎，還眞想念娣娣。

3月2日

關起信箱的小門，像關起心般。

好久沒有和台北的你深度對話了，信箱跟著空空然。

而我銀行的存摺簿頁裡一天一天地數字萎縮了。

原來隨著日子萎縮的不只是洞悉世事自然的智慧之眼。

3月的某日

中共飛彈打台灣的新聞上了《紐約時報》的頭版，台灣的地圖被清楚地印在版面上。心裡雖起了異樣感，但卻在異旅裡大有不管它之念頭浮掠而過。

猶仍走逛著上城。推進Face化粧品專賣店。店員得知我從台灣來，竟憂心地說：「看了今天的《紐約時報》嗎？」我點頭，手裡仍抓著粉餅。「台灣千萬不要成爲以色列第二啊……」突然，我感到自己是那個「商女不知亡國恨」的那個商女。

3月28日

下午從畫室回來，答錄機的綠燈訊息一閃一閃地，倒帶聽，竟是台北的你打來的，你不知道朋友送了我一部古老的答錄機，淨在那一頭喂喂喂地哈囉著，熟悉的聲音穿過那細細的電話線，聽來仍是動魄驚魂，希望你一切都好，在任何情況下。

今天說好要到日本同學Sonomi家將一隻有著老虎的名字但非常瘦弱的貓咪Tiger 抱到我七十二街的窩。

虎紋貓咪來我家，還肩負著抓老鼠的重責大任。貓對新環境充滿了戒心，搭地鐵時，貓咪在籠子裡很不安地竄動著身體，回到窩，放牠出來，才發現牠在籠子裡驚嚇地尿尿了。

不過不久後，Tiger就知道新主人對牠是不錯的啦。Sonomi之所以會把Tiger 送我，是因爲牠特別敏感，常被她養的其他五隻貓欺負，還把眼睛哭瞎了，所以必須隔離送人。

我第一次聽到貓咪會把眼睛哭瞎的事。不過眼前的Tiger確實有一隻眼睛不良，Sonomi給了我位在東上城的獸醫院地址，囑我記得帶貓去治療眼睛和打預防針。乖乖，我對著貓咪說，你主人才失業不久，卻帶了你這個拖油瓶。

4月2日

今天換了兩班地鐵，才到達這家公立的獸醫院。先前爲了騙Tiger進籠子，已經把我折騰得半死了。眞後悔答應Sonomi養牠。

掛號，排隊，領眼藥，天啊，花了我四十美元，而且醫生說還要再看兩、三次牠的眼睛才會好。並囑我記得爲牠點眼藥水。

醫生三兩下就把Tiger放進籠子裡，我提著牠回家，心情可眞是沉重。有點像是失業的人又遇上通貨膨脹般的心情吧。

4月4日

晚上，貓咪倒是挺黏人的，開始會撒嬌，仰著身體給我搔癢。而且還會用牠的頭頂我的下巴示好，想想我爲牠花的一百五十多美元也是十分値得的。

貓咪的眼睛漸漸好轉後，牠今天終於發揮了爪功，叼了一隻小老鼠在我眼前搖晃著。快速而精準，但貓咪卻欲擒故縱地玩起把戲來，一會兒放開老鼠，旋即又抓住牠。天敵是宿命的，我不知道要可憐老鼠，還是要誇讚貓咪。

一隻貓，一個女人，下雨的天，昏暗的光線。午後，睡覺打盹，時間是凝結的，心情卻是浮動的。三月六日，米開朗基羅生日，你的生日，我沒忘，你的生日過後，換成我的生日，三月七日，我沒忘。

沉沉浮浮的感覺，過往記憶不時在邊陲之際打擾著。養了貓，看貓咪睡覺乖巧的模樣，倒也由此生命觀聯想女人想要有小孩的情結，那是一種飽滿的感覺。記憶突然跳到兒時常和母親午後同臥一床的情景，有時媽媽心情好，會用腳趾夾我，我用我的小腳趾卻夾不到她時，又生氣又咯咯笑之景。

這樣想時，電鈴突然大作，郵差來按鈴。是UPS快遞公司，黑人扛著兩個紙箱給我，對了身分證件離去。

一看，一箱是母親託人寄來的衣物和幾包乾糧，一箱是台北的你寄來的兩本書《沙特》和《西蒙波娃傳》。

一是物質，一爲精神，皆是我的柴米油鹽。

所愛所念的人全到齊了，思念的舟子一下子有了岸邊可靠，不再茫茫行於海上。

4月9日

有時候感覺曼哈頓像是睡著了，靜止之感，其實那只是霧之故，霧遮去了城市的燈，建築的線條，使得城市的輪廓不再有稜有角。

打工的機會實在不多，有人給我介紹一個餐館打工的機會，但是我去面試時，因爲看那老闆一身的酒氣沖天，心想還是別去的好。

等待打工的時間，還不如先準備一下職前訓練。於是去了中國城買了一本《實用餐館英語》來讀讀。

光是湯類，就記得頭昏眼花，間歇性地頭痛起來。什麼鍋巴湯，聽都沒聽過，「炸雞胃」英文是Chicken Gizzards，好在老外大概不太吃內臟的吧。最要熟記的是MSG，味精，因爲外國人一定會說N0 MSG。我記得初到美國時，很老土，去麥當勞點了一份薯條，向服務生要Tomato Sauce，服務生聽不懂，我指了指薯條，她才了然地拿了番茄醬給我，並說了一聲：「Ketchup」。

我看著番茄醬的外包裝英語，才知道要講Ketchup，自此這個單字就想忘也難了。語文的學習就是這樣來的，沒有什麼大訣竅，對我而言，它只是表達的媒介而已。

於是我每天就邊煮著晚餐，邊念著我的餐館英語。

5月1日

後來，我也沒有去當什麼餐館女侍者。因爲餐館的時間大抵上和我上課的時間有衝突。於是想找一些可以以時計費的工作。

《世界日報》上寫著徵物理治療師，我很好奇地打了電話，對方卻先問我幾歲。心想有關係嗎？隨便謅了數字報上去。對方說，要住在那裡才行。我更加奇了，實在是寫小說的那股好奇心被驅動了，我便決定按址去瞧瞧。

待我找到了地址，實在沒有勇氣進去。因爲光是樓外的亂象，和亞裔男生宛如幫派分子地站在樓外，我才走在路上便被猛盯著瞧，看我在張望著門牌，眼神閃過了不懷好意的神色，我敏感地瞥見了那眼神，於是便加快腳步離去。

有多少女孩，曾經像我這般來了，又離去了；又或者禁不起誘惑地上了樓？

有個朋友的朋友莓，是最好的例子。據朋友說，莓當初是個每週上教堂的虔誠教徒，後來丈夫去大陸經商，留她和小孩在紐約，後來聽說生意做得不好，生活費常常有一搭沒一搭的，莓於是跑去做物理治療師，說穿了就是做按摩女郎。東方人看起來比較不老，年過四十的莓，也許因爲年齡世故見多了吧，深諳討男人喜歡之道，竟然經營得頗有聲有色。而且她自己也耽溺於性，認爲年近中年才被啓發享受了性。

後來據說莓自己開了一家按摩院，旗下擁有許多佳麗。而她自己偶爾也還下下海，而最讓她幸福的是她找到了第二春，一個猶太男子。

我見過莓一次，微胖的中年婦女，東方人的眼裡是一看即是年華漸去的女人，但可以看得出這個女人的生命力驚人。她遞了一張名片給我，似乎暗示著我找不到工作，可以到她那裡試試。見過面後，她的名片就不知被我擱到哪去了。

我不是偉大的哲人傅柯，我不用學他的「極限體驗」，到舊金山澡堂大大體驗性愛迷幻之旅。我沒有這樣的條件和本錢。

有同學問我，既然缺錢何不在藝術聯盟的畫室裡當模特兒，一個小時約是美金八塊錢。日本同學一個個都跑去當模特兒了，我實在很佩服他們在熟識的同學面前脫得一絲不掛的勇氣。每回日本人當裸體模特兒，我就聽到歐美人說特別難畫，因爲東方人長得平，所以要畫出立體感特別難。

深思了一陣，還是沒有勇氣，我還是畫畫好了，畫別人比被畫還要快樂。而且，日本同學說當模特兒當久了，由於長久的不動，很容易血路不通，或者傷到筋骨呢。看來模特兒生涯，也是皮肉生涯，令人有些心酸。

9月5日

學費繳了，房租繳了，銀行的存款薄了。

台北的你寄來了兩千多美元，現下已用得差不多了。

何況我打算在美國的最後兩個月去旅行，可得存點錢才行。

成爲別人的負擔是可恥的，靠別人也是不快樂的。所以還是得找一份工作。

樓上的艾瑞克說，如果我願意幫他除掉他背上的毛的話，他可以「論時計酬」付我些工資。

艾瑞克掀起衣服，轉過身，露出他背上的毛給我瞧，我差點沒笑出來，我只知道外國人前胸有很多毛是正常的，我不知道連背面也可以連綿成一片毛茸茸的景觀。

那要如何拔啊。我不禁想要叫他改成「論件計酬」，但又覺得不該如此落井下石。

我會買除毛器給你。他說。除毛器，聽起來像是除草機。

工作機會又是如此從天而降，我簡直太沒有預言能力。

9月12日

等了幾天，不見艾瑞克喚我去「幹活」。

今天在超市不意碰見他，他笑著說，他還沒找到合適的除毛器，而且聽說拔起來費時，恐怕他得散盡家財，才能換得一個美背。我聽了心一直下沉，趕緊把手上挑的物品又放了一些回去。

他見我失望的神情，馬上又不失演員本色地逗我說，他不比我好，他也是失業的人，想寫的劇本永遠寫不出來，劇團新戲卻沒有他的角色等等。你看要不要和我一起去賣舊書，我租了攤位，你可以在我的書攤旁邊賣畫。

聽起來還算不錯。

好啊，可是你的背怎麼辦呢？我問。本來我想好心地爲他免費服務，可是心裡轉念一想，那可不行，我的手來紐約是爲了畫畫的，不是爲了除毛，那一定是傷手勁又傷眼力的差事。

沒關係啦，反正別穿露背裝就好了。他開玩笑地說著。

10月1日

爲了去擺地攤，所以這些天都在畫小幅的畫，大約是四乘六照片般大小。有個外國朋友專門爲IKEA設計木頭框，於是順便幫我訂了一百個，如此畫裝進框裡，顯得頗有分量。

有時候畫好了，便在木框裡雕著刻著，或者是著色。挺好玩的。

光是我們這棟的藝術芳鄰，就先買了一些。十五元一張，兩張二十元。所以大部分人都買兩張，一時還頗有進帳。

10月3日

今晚，幫艾瑞克的上千本書，一一在書的末頁寫上價錢，代價是換得兩頓晚餐。

他已經按價錢分堆了，所以很容易標價。最便宜的書是一本一元，他還打算買五本送一本，大都是些小說，其中我還看到有三島由紀夫的小說，大約是基於自己愛小說之故，不禁向他抱怨，爲何小說特別廉價呢？他說，因爲書迷很容易從故事下手，小說好賣，但收藏價値小。而最貴的是十塊美元，大都是些畫冊。畫冊較貴，是可以理解的。

SOCIAL SECURITY

VALID FOR WORK ONLY
WITH INS AUTHORIZATION

096-84-5969

THIS NUMBER HAS BEEN ESTABLISHED FOR

WEN YIN CHUNG

SIGNATURE

Non-Transferable: Valid until May 97

THE ART STUDENTS LEAGUE OF NEW YORK

Identification Card

S9S20

IDENTIFICATION NO.

Student Signature (not valid unless signed)

WEN-YIN CHUNG
214 W. 72ND ST., 1
NEW YORK, NY 10023

4.1.96'

BAL. FOR'D

THIS PAYMENT

BALANCE

OTHER

BAL. FOR'D

Art Student League

CHEMICAL
CHEMICAL BANK
400 SECOND AVENUE
NEW YORK, NY 10010

NOT NEG

Presenting
Allakhverdov
performances
Subway Sonata
KIDS

在曼哈頓南街海港表演的
小小鋼琴家，
他亦常出現在四十二街
的地鐵站內表演。

紐約人愛狗，
狗常成了主人邂逅之初的最好話題。

時間之河停擺，
靜止的錶宛如廢棄的鐵，
不再時時刻刻催人老。

身體圈在一堆堆的書籍中，感覺自己一時富有了起來，有時候看到有趣的書，會停下筆小讀一陣。要是這時候拍了張黑白照片，鐵定被稱爲「文化人」。

10月17日

終於要拋頭露面了。

艾瑞克已經租好了一輛小貨車，幫他把他架上的一堆堆舊書搬至車內，力氣便已殆盡。

原先我不敢使用這棟樓的電梯，在幫忙艾瑞克搬書的上下過程，也漸漸克服了恐懼。

電梯和我原先住在皇后區的房間一樣大，用手控制升降，像電影黑社會影片之類的那種老式電梯，隨時天花板像是會掉下一雙腿似的，旋之潺潺滴落著紅血。門像動物園用的鐵欄杆柵欄，可以清楚看見往下降或往上升的牆，辨別樓層是靠目視牆上手寫的樓層數字，手部的力氣控制不當的話，電梯就卡在中途，感覺像是被世界遺棄了般。

我總是看著牆上的數字感到一股詭異，是誰在這些斑駁的牆上寫了歪扭的數字，而且數字的位置和樓層的銜接恰恰好。是先有電梯呢？還是先有數字？這棟工廠年代湮遠，電梯老邁，聲音轟隆；運作中，誰都會知道有人在用電梯，甚至停在哪個樓層也可以聽辨出來。可是要是不幸困住了，我看就只有束手待斃了。

把書搬到貨車後，我跟艾瑞克說，我可是捨命陪君子，他聽了有一點點的感動。於是決定賣書之餘，順便幫我推銷畫。

把街道封鎖起來是曼哈頓假日市集的特色，各個攤位的主人很快就打成一片，好像是在辦一場嘉年華會似的。很多人不看我的畫，竟問起我的私事來。「嗨，女孩，他是你的男朋友啊？」顧客指著艾瑞克問著，忙搖頭說：「只是合夥人。」

有些年輕的學生反而比較大方，買了一些我的小畫；有的光是看著，但會提出滿有深度的一些問題，例如，這些符號有什麼象徵意義嗎？你的畫充滿了內在的想像力等語。

傍晚，攤位陸續收攤，拆棚的拆棚，上櫃的上櫃，數錢的數錢……，先收好的離去時，大夥都揮手作吻別狀。寒風漸漸襲來，這眞是特別的一天。

10月29日

隔了一週問艾瑞克還擺不擺攤？他說，他新找到的公司要他輪晚班的工作，時間從晚上七點到早上七點，中間休息兩次。因此變成他只能白天睡覺。

而且週末有可能會加班，我聽了頗爲失望。沒有他，我是沒有擺攤執照的。他繼之安慰，可以帶某些小畫幫我到公司推銷看看。

沒想到這麼快就結束了擺地攤生涯。

12月13日

早上起來，凍得要死。暖氣竟然罷工，到樓下找經理羅浮，他還沒上班，工人說。那你們先幫我到工作室看一看吧，說著，我拿出了口袋內的十元美金給他，他點了頭，跟著我上樓。

這些人平常對我都笑瞇瞇的，可是那僅止於打招呼。要他們做事（事實上他們的工作就是幫我們維修水電和清潔的，每個月我們都必須支付這些款項。）那得行賄。

美國也是個行賄的國家，比我們還要更化爲檯面上。

工人上樓對我的暖氣又敲又打的，暖氣竟然又動了。早知道方法如此簡單，還可拿暖氣機出氣，我就不用多花那十元了。而且工人進了房間，他馬上就可以感覺我非法住在裡面，有床有被的。「I can tell.」他說，意思就是他知道了、感覺到了。於是我只好又塞了五元給他。

倒楣的一天，可是沒暖氣會死人的。

我可不想學有些落魄藝術家般，喝廉價的伏特加來驅寒。喝伏特加驅寒，臉會喝成墨綠色的，想想眞可怕。

好像是杜畢費黑線條的畫般。

12月17日

這棟樓住著許多人，但卻找不到可以說話的人。

一早，坐在撿來的椅子上，感到身心如外面的寒風般直驅世界的盡頭。而其實我的視野最遠只到達財政中心大樓。新澤西市臨哈得遜河沿岸，一片新式高樓大廈，穿著黑西裝的上班族黑影點點地走在寒冬的陽光下，逆光剪影，地下熱氣煙騰茫茫，瀰漫著街道。畫面成了黑白兩色，神似義大利新寫實主義的電影。

不過我的內心此刻卻像是法國楚浮導演的電影《四百擊》影片中的那個男孩，和現實有著隔閡、對未來感到內在一股莫名的力量在不斷壯大、滋生的那個男孩。我靜坐的表情，有點像是最後一幕男孩在海邊回首的特寫停格。

懷舊的心情在指縫間尋找出路，果然冬天不適合早起，不適合大老遠跑去曼哈頓五十七街的畫室。

台北的你說，暫時要和我失去聯絡一陣子，很長的一陣子。我知道你的用意，你想讓我完全陷入孤絕，好在一無所有下，看看自己還剩下什麼。

這方式可真殘酷。

是啊，夢想還在天邊一隅，發呆是我現在唯一能看守它的方式，你要是知悉我的姿態，定然不會對我採取這種斷裂的方式。

我的心底當然還不想和世界決裂，和自己過意不去。

所以我還是得去找些工作做做。

12月18日

心情跌宕，昨天想放逐山野，今天又想重返紅塵。

找工作，打了幾天電話，有一個工作不需有居留權，而且工作地點在新澤西市，且還指定要台灣來的，女的，當家教，兼接小朋友從學校返家。各種條件皆符合，於是便趕緊打了電話。

通電話和男主人相談如意，他一聽我的國語就知道是從台灣來的，「我要我的女兒學台式中文，可不要大陸腔調。」

我關心的是工資，「每天工作時數很短，三點幼稚園的小朋友下課，你去接她回家，然後陪她讀書到六點。一週五天，美金一百元。」他說。我聽了覺得少，不搭腔，心裡盤算著要不要接，他約是察覺了，接著說：「一小時約六塊錢，其實你如果去速食店打工，也是這個價，而且每天要站著。我會付你來回的車馬費。」他一分析我想也是，便答應了。但是還得先和他女兒碰碰面，搞不好他女兒很難纏呢。

12月20日

約在PATH車的世貿中心出口處一家華納禮品店見面。

扶手梯把我從地下送到一樓。我馬上就感覺到我要見面的那一家三口。尤其是那小女孩也和我對望一眼，我見到她搖晃著牽著她手的爸爸。

那個爸爸就是和我通電話的人，我們彼此點了頭笑一笑。那做母親的，卻是沒有什麼表情，冷冷地點點頭。

小女孩極爲漂亮，以後應該可以角逐華埠小姐，看來又是一臉聰明相，竟是完全沒有遺傳到她雙親的缺點。好的基因她全有了。

然後我們去餐館吃了一頓飯，小女孩確實有些刁鑽，當她爸爸向我說她有些懶於寫作業時，她馬上感到自尊心受損，竟不吃飯了。後來好說歹勸地才讓她又扒了幾口。

她中文不太靈光，會數中文數字，說她五歲。教她說中文，寫中文，就是我將來的責任了。其實我不擔心教她中文，倒是有些擔心要從學校接她回家，我覺得有些責任重大。萬一，我們一路上發生了什麼，那可怎麼辦呢？

有些杞人憂天。

回程，小女孩要我牽她的手，一同走向車站。好似我是她媽媽似的。

12月22日

從學校下了課，匆忙地在水槽上洗著油筆，琴妮問，幹嘛這麼急，約會啊。我沒空多理她，忙擺擺手說，改天再聊。See you later, Alligator.，我說。

直譯是「改日再見，鱷魚。」琴妮的綽號當然不是叫作鱷魚。只是美國人喜歡這樣叫，因爲later和Alligator諧音。

搭上R列車地鐵到世貿中心，再上了PATH列車到新澤西的Glove Street，然後再換上開往小女孩學校的巴士。套句娣娣的話就是「這份活，幹起來還眞是累。」

前頭排了一大群中學生，黑人和南美人居多，車子來了，沒有人爭先恐後。可是聲浪卻奇大，女孩們成熟得過早，十隻指頭塗得花花綠綠，熱中於約會，後面的長排座椅，被她們擠得滿滿的，聲浪從耳後傳來，窗戶又開得老大，偶爾斷訊地嚶嗡作響，有一種不眞之感。

到了小女孩的學校（一定得在小女孩下課前到達），第一天上工，神經緊張，時間拿捏不準。下午的公車開得極快，於是早到了許多，時間一下子多出來，想去喝杯咖啡，卻找不到半家，有的是披薩店和一些賣零嘴的小商店。典型的美國小鎭氣氛。學校附近有許多的大型公園，逛逛該是不錯吧。

靴子擊地有聲。像是一個行軍許久的人突然脫隊，乍然來到一片無人之境。停步後，聲音只剩下我的呼吸和落葉吻地，聞悉著風的速度。

不遠處，有個老人在遛狗，老人發現了我，慢慢地晃向我。微笑地遞給我一張紙，我伸出手接來看，紙上寫的是老人罹患了失憶症，並描述了這種病症的特徵，遺忘、語言會失去秩序。

不過老人可沒遺忘一件事，那就是他個人歷史中的光榮，他拿出了口袋內擺置的證件，遞到了我面前，證件有他穿警服的英姿，頭銜還是隊長。他指著證件，嘴裡嘟嘟囔囔地說著我聽不懂的外星人語。

想要仔細聽，卻到了該去接小女孩的時間了。向他說再見，保重。還好，他有一隻忠狗一〇一。

走到校園，一堆媽媽以及像我一樣的保母角色的女人引頸望向校門。校門一開，一排排的小矮人隊伍陸續而出。我尋著小女孩的面孔，她倒是先看到我，興奮地奔來，牽著我的手。

「Hi, Helen。」我說。哈囉，她說著。

走到車站時遇到她的同學和同學的母親，那個母親竟以爲我是小女孩的姊姊，在念高中。我說不是，卻暗喜著自己看起來的年輕感，這種暗喜帶有一種自欺欺人的味道。

12月28日

上課，教小女孩讀當地華人編的中文。中文課本非常八股，第一章篇名就叫〈我是中國人〉。教了一會，我和小女孩都有些不耐，我再翻翻她家的櫃子看有沒有別本書，發現有《三字經》。三字經小孩易學，容易琅琅上口。邊念還得邊搖頭晃腦，小女孩一派天眞無邪。不一會兒，她就完全背下來了。晚上叫她念給她老爸聽，包準她老爸會給我加薪，要不然也會稱讚一番。

12月30日

有時候小女孩不想搭巴士，我們兩人便一路從學校走回她家。小女孩挺愛走路的，一路上對所有的事充滿了好奇，有時候我們倆就在路上揀石頭，有次她撿到一分錢，快樂得很，眞好，小孩子的喜悅如此簡單，容易。而我卻常常坐在路旁等她揀石頭或是發現其他的驚奇。等著的那會兒，有時我會不禁哼起陳昇的〈把悲傷留給自己〉，能不能讓我陪著你走，既然你說留不住你，……過不久，小女孩也跟著哼，哼了半晌，她仰頭問我，這首歌叫什麼啊，在說些什麼啊。

我不知如何以對。

心裡想著下回應該唱些快樂一點的歌。

12月31日

午後三點半，回到小女孩的家，小女孩的父親留了紙條在桌上，他說請我幫個忙，幫他把後院的草除一除，和前院的落葉掃一掃，他會很感激。

什麼時候我從家教兼保母，變成免費的除草工人了。

小女孩卻很興奮，她說那她可以幫我的忙。草長至小女孩般高，她一入草叢便不見了身影，倒是紅衣裙擺露了一截在外頭。看起來挺努力的，可是面孔脹得紅紅的，草只被除去了幾根。

待我拿出了除草機，喚她到一旁看著，或是唱歌慰勞我，除草才有了些效率。除草的當下，飛出了許多蚊蠅，把我的腳咬得癢癢的。老話一句，這活可真不好幹。拿筆的人，面對機器總是笨拙。

掃葉子就有趣多了，小女孩拿著比她人高的掃帚幫我，倒是越幫越忙，我原掃好的一堆，又被她掃得凌亂，但見她一臉熱心，一腔熱血，也不好要她罷手。

掃完，裝進垃圾袋，她的母親剛好從大街上回來。時間正好是六點，該我下工了。

她的母親冷冷地向我說再見，小女孩臉紅咚咚地向我吻別。

1月1日

今天小女孩的父親竟有更離譜的要求，他希望我能幫他整理一下房子，我整理的空檔，可以教他女兒寫書法，信中並低款地說著他的老婆從來不整理房子，讓他頗爲苦惱。

我什麼時候又變成House keeper了，心裡開始有點不爽。但還是忍了下來，吸地毯，把玩具歸位，把衣服丟到籃子內，把碗筷收好，把一切移位的東西還原。乖乖，光是吸地毯就吸到骨頭痠痛。

小女孩寫書法，她倒寫得頗爲好玩之狀。墨水都沾到臉龐了，成了個小黑臉。

1月7日

打工期間，每天回家都好累。下午的課只好全蹺了。

天氣極冷，從小女孩的家走到車站，不遠，但是時間沒抓好，若是剛好含恨地見到我要搭的那個路線公車的尾巴從眼前杳去，我就知道有得等了，起碼得從傍晚等到天色完全沉降成墨藍，甚至墨黑色。奇怪的是幾乎每一天，都只有我一個人在等車，只見對街一班班的公車上下來了一群群回家的人，而對岸的我，卻是孤單隻影的。

等的起先一切都還好，站久了，就禁不住冷風刺骨侵襲著身體和衣服之間的空隙，悄悄使壞的冷颼颼，很煎熬。

2月10日

打工過了幾週後，領了幾次的百元美金。

雇主的要求卻愈來愈多，有些荒唐。

今天，小女孩的爹又留了紙條給我，他說可不可以到地下樓層的最裡間，幫他整理浴室和他的房間。我才知道這對夫婦雖住同一個屋簷，但卻是分居的。

小女孩今天上體育課，顯得累，賴著想睡覺，安撫她睡著後。我便踱步至黑漆漆的地下樓，樓梯很短，我卻走得感覺有一光年之久。

碰撞到某些桌角，痛了一會兒，摸索著燈源，開了慘白的燈，才發現男主人的房間就在眼前，整個地下樓都是他的房間。

男主人的東西讓我有一種不潔之感，尤其是清理至浴室和床時，我一陣嘔吐翻騰在胃裡。痔瘡藥、消毒水、內褲……，我幾乎是用逃的奔出地下室。

然後，當下我決定離職。

2月12日

今天，我邊把芝麻街英語翻譯成中文給小女孩聽，邊暗思著要怎麼婉轉地寫辭職信，其實男主人對我十分和悅，但是他賦予我太多女主人的工作了。

我編派了一個不傷他的詞，說是家裡的姊姊生病（我壓根兒沒姊姊，所以放心地掰），我要離開一陣，加上快要期末考了，恐怕有誤教學工作，還特地把教學二字寫得斗大，以提醒他我原來的

「元配」工作。

2月16日

和男主人約在香菸工廠鄰近的地下鐵入口見面，因爲我要還他家的鑰匙和領最後一週的百元工資。

下班時間，人潮洶湧，賣焚香物的印度人開始出現在街角，擺好攤位，香氣四溢，各種香料混在冷冷的空氣裡，有一種熱絡氣息。

買了一份報紙等著。男主人終於出現，向我笑了笑，我遞給他鑰匙，他遞給我一個應該是裝了美元的信封，他先開口說話：「不想做了，眞的沒有其他原因嗎？」

「沒有。」其實在異鄉的地鐵站出入口搓著手，說著中文，感覺還是挺溫馨的。「我沒有冒犯到你吧。」他說。我猛然在心裡說著「當然有」，但嘴裡卻說著：「眞的沒有，你不要多心。」

「該不會我小女兒惹你生氣了。」他又說，「沒有，她太可愛了，我挺羨慕你的呢。」我這一說，他的臉上有了開心的模樣，一副父以女爲榮的神色。

「跟你姊姊問好。」他說。「姊姊？」我差點忘了我編派的理由。「哦，我會的。謝謝啊。」

就這樣，我們說再見，互道保重。

回程，走在冷冷的石板路上，香菸工廠鄰近的卡車工人正好陸續開出，通亮的大燈照亮整個街道，有的照面過幾回，向我按了按喇叭。

香菸工廠隔壁的那棟樓正好在辦著週五的狂歡派對。有人在窗口向我叫喚著，一同加入他們吧，女孩。

我笑著搖搖手。

我要回我的住處去睡上一大覺，我又丟了一份「幹活」的機會了。丟下日記本，我只想好好地入睡，沉沉地睡去，直到睡死了，不再醒。

2月17日

我當然還是醒著的。

突然做了幾個夢，其中一個夢是我不斷地在打開抽屜，打開每個抽屜，抽屜便散出一股神仙似的煙氣。

我覺得這是個好兆頭。

於是打開抽屜瞧瞧，卻只見底層抽屜裡躺著幾篇寫著母語的稿子，蒼白的電腦字體和手寫體混合著，紙有些發黃，像是方形木乃伊。時間幻化如斯，它們卻猶然用著蒼啞的腔調，要我讓它們出來透透氣。

於是我想也許把它們寄回台北吧，找個好歸宿，爲我掙點稿費。

趁上曼哈頓時，去了靠近中國城的世界書局，買了一本國語字典（不知爲何），然後翻翻架上的雜誌，買了一本《聯合文學》，結好帳。然後到報攤去買了幾份中文報紙，決定寄給《自由時報》副刊，因爲它有台北和美洲版，而且我看副刊登的正好是一個不怎麼樣的小說連載，我心想自己的應該更好吧。把稿紙裝進信封，有點恬不知恥的興奮地寫下地址，打算明天寄出。

2月19日

許久，許久，約是久到我都忘了有投稿賺點薄錢的念頭了。

今天決定打電話向台北的你求救，你說可以再給我一些錢，讓我在紐約多待一陣。二哥亦說，如果我想買顏料和畫具，可以用信用卡，他會幫我支付信用卡的錢，因爲他最近領了一些研究獎金。

哎，眞好，我又開始懷抱幸福了，不必爲「幹活」傷腦筋，這是天賜的快樂。即便這快樂只能維持半年。

然而半年後，也許我也該結束旅程了也說不定。

PEKING
PEKING

一個剛在這裡落腳的人，
才不想離開呢。

——卡爾維諾《美國日記》

(7/29-5/20)

街頭

變形反射鏡下的下城街頭，
宛似超寫實電影的場景。

美麗的大街風情，
毫不遮掩地感染著路人。

或者追尋者會失敗，
或許游牧者終其一生找不到依傍的那口井，那可縈營的牧草，
又或者出生者再也回不到出生的面目……
然而不論過程如何，旅行本身是無法思考的，
只有旅行者自己才能以各種方法來看待自我。
而不論這個自我的結果如何，
種種的追尋都將意味著一種人生的移動、進展，
甚至是翱翔起飛。
紐約或許可以幫助人性打開密室，
但身處其中必須幻影盡拋，和她通體交融，
否則來去紐約，只不過記憶的櫥櫃裡多了幾樣刻板化的紀念品罷了。

7月29日 晴

夏末的早晨，天色淺淺白白的，對岸的曼哈頓摩天大樓陰鬱地高高低低著，親眼所見是卡爾維諾初抵紐約的描述：「看起來像是荒置了三千年的醜惡紐約廢墟。」四周唯一有色彩的是聲音的溫度感，各族裔地方語言的溫度亦如摩天大樓般高高低低地釋放出他們的語言，快節奏亮度的是西班

牙語，曼麗蒼熾著；慢節奏低彩度的是希臘語，特別是老人家們在清晨的街上巧遇話家常，蟄伏縝密。

樓上住的是桂林來的大陸人，說話腔調倒是和緩，像是中彩度的顏色，比如淺藍。

一片沉寂之後，天光亦漸漸微明。夜晝交會不過是幾分鐘的幻化，高樓的輪廓在隱晦中逐漸顯影了它的溫柔與猙獰。把小手伸出去探探空氣的溼度和溫度，讓肌膚體會一早的大紐約城。

在天亮前，紐約客早已捧著速食咖啡和貝果或是甜甜圈，往地鐵走。

非常喜歡紐約地鐵的空間、顏色、氣味、聲量，朋友常笑我是屬於「鼠」輩類，喜陰暗和曲折。其實我最喜歡的是轟轟隆隆的車輪和鐵軌相撞擊之聲以及在地鐵交會的人生絮語和齟齬。那種高高低低摻雜的分貝，總讓我想跟著怒吼奔馳。

和流浪漢一樣，游牧紐約，地鐵站永遠是溫暖，可以躲匿，冷眼他人的最好地方。

8月3日　多雲

地鐵對許多初到紐約的人，是有那麼一點光鮮刺激。記得有個畫家到紐約旅行特別害怕的是搭地鐵，問他爲什麼，他說黑人的眼神讓他感到一種驚懼。

嘿，此話出自一個中年、壯壯的男子口中，聽來令人恍惚以爲紐約地鐵是危險之最。

有一回娣娣說，她一大早去搭地鐵，整個車廂瀰漫著濃濃的睡意，偌大的空間只有她和一個打著盹的黑人。她想打盹的黑人應該不具威脅性了，豈料黑人一睜開眼睛，卻站了起來，向她走來。娣娣也跟著起身，慌慌張張地走到另一個車廂的門口，連結另一個車廂的門卻打不開，就在娣娣緊張萬分時，另一站到了。

「我想是妳太過於緊張吧，也許他只是要下車罷了。」我打了岔說，一向對於聽到「刻板」印象的言論感到不舒服。

「是啊，到站時，他下車前看著我冷眼著，當時好糗啊。」娣娣說。

後來我每次上了地鐵車廂內，總是會看看黑人，感覺一下到底有何驚怖。結果一點也沒有，看來驚懼的是短暫旅行者的自我預設。

也許是自己深愛小說的原因，對於人生旅途，總是採取開放的姿態。佛斯特（Forster）曾說：「如果小說家以不同的方法去看自我，他也將以不同的方法去看他的人物，於是一種新的表達方式自然而生。」

來來回回幾百趟的紐約地鐵里程，我總是和這段話邂逅。

對我而言，如果紐約沒有舊舊老老迂迂迴迴的地鐵，那紐約的人性體驗絕對少了最最精采的片段。

有時候日子過得無聊時，我總是不期然地想要出門去搭地鐵；這種感覺就好像《白鯨記》的開頭，梅爾維爾寫著主人翁當他不期然走入送葬的隊伍行列時，他總是想到要出海。

在行進中，從末節車廂走到前頭車廂，彎曲的地道，晃動的身體，間有電光藍影掃來。有時突然幾聲刺耳的喇叭聲大鳴，總是讓我肅然魂聳，以爲是某某人活得不耐煩的臥了軌，或者是哪一隻老鼠閃躲不及給壓扁了。

有時候看錯地鐵站名，搭錯車有搭錯車的樂趣，搭錯大可不必緊張，只要到對邊搭回原路即可，要不就是再等下一班車，繼續坐到列車會車的大站，一定不會迷路。

著迷於地鐵的遊蕩旅程，尤其是四十二街，當地鐵廣播員帶著濃稠的鼻音說著：「Time

Square」的站名時，彷彿靈魂都被叫醒了，被馬丁史柯西斯的電影Taxi Driver喚醒。

刺激的銷金窟在市長的整頓下，窟還在，只是金色大減。然而走著，還是有一種無章法之感。

像今天，突如其來地從二十三街走往中城的途中，閃爍著的巨大招牌突然迎面轟來，原本渺小的人更顯渺小，圍城以此爲最。

走到百老匯四十二街附近，天光一點一點地黯淡下來，還來不及思索身在何處，卻已經有做了幾年不醒之夢的墜入感。

9月3日

時代廣場的著名地標，可口可樂的廣告招牌，已經寫入了爲數不可計的旅人腦中。

現下又多了許多的名牌服飾廣告，CK、DKNY、GUESS等服飾如此張揚著物質的繁華，刺耳的警車聲從身旁滑過，卻又打翻了繁華夢。

一切都會消失，但是人們仍然窺覦繁華的身影。

我今天是來時代廣場附近看戲的，滿街的觀光客排著隊伍買票，一見此景，我又退縮了。退縮到我的地鐵站內，許多的藝人已經開始在打點著工作，其中一個黑人的聲音滄桑到可以把人的靈魂帶往另一個世界。我感動的停下腳步，丟了一張紙鈔，不過一美元，卻見黑人眼睛一亮，頓時把靈魂樂歌轉調，緩緩吐出「You are so beautiful.」路人因他這一唱，不禁全回頭看我，彷彿看我是否如他所唱的美麗呢。

哎，游牧紐約的可愛和奇遇正在此。

難怪連大師卡爾維諾都說：「一個剛在這裡落腳的人，才不想離開呢。」而我，一個已經在此落腳有段光景的人，更是不想離開呢，心想在此活過半世紀也是好的。

9月11日

只要一到地鐵的入口附近，腦中馬上想到的即是「UP」或「DOWN」，上或下，決定了旅途的方向。

有時候是迷迷糊糊就闖進了地鐵站，待車子快速駛來，才急急忙忙地抓著人問著UP OR DOWN。而這樣的人總能見到幾個，好似「上或下」是一句口頭禪似的。昨天才在想要在紐約過半世紀，今天卻又深覺紐約不宜待太長，三五年足矣，待太久得來的很可能是幻滅。

幻滅感可能源於今天在唐人街閒走，看到一個長得有耶穌模樣的長髮俊男，邋遢地坐在地上，手中拿著寫有「HELP」的硬紙，紙上另有怵目的AIDS等字，一臉的憔悴。唐人街的小販湯湯水水的流瀉著，洗刷著，弄溼了一地。而長髮俊男，卻宛如一座死去的雕像，一動也不動。只有當人們在他的碗裡擲地有聲的丟下銅板時，我看到他的眼皮眨了一下。

紐約可以冒險，紐約可以極致體驗，但是人生則得自己負荷，除非你夠條件當另一個「傳柯」。

9月22日

愛上了中央公園，朋友說，這代表你開始老了。

是嗎，你以為我說的是台北的傖俗社區公園嗎。我怪叫著。

初來紐約第一個和我搭訕說話的Young還在公園的一角掃著他的狗大便，我繞過了他，沒讓他看見。因爲來中央公園只想安靜的走著，踩著落葉沙沙聲地悄然走著。

中央公園四季各有姿顏。入秋冬時節，蕭索中帶著清麗。有點像是台灣白花花芒草開滿無人山徑的那份靜肅，讓人失神，回到失去速度之感。

方才跑去八十六街的大都會博物館，見人潮洶湧，又退了出來。晃去八十八街的Betsey Johnson貝蒂絲強生的服飾專賣店。貝蒂絲特有的粉紅色裝潢和表現女人曲線的衣裝設計，讓人想起「黑夜精靈」之類的傳說。

一切秋冬裝才上市未久，打折品都沒有我的尺寸，但是光是看著也很好玩，有種在下城的味道。

每當失落感湧起心頭時，中央公園是我在紐約憩息之處。

有時候光是這樣憩息著，發呆著，亦感一種幸福，沒有質疑，沒有解構的幸福，可相干可不相干的幸福。

在草莓園裡，抬頭即可見到七十二街和公園路交叉口的那棟藍藍高高尖尖的屋頂上住著藍儂遺孀小野洋子，而門口的咖啡色厚重的鐵門旁，站著一個穿制服的黑人，面色冷冷。

約翰藍儂在向我招魂。藍儂即是臥倒在這個大門石階上。距離，和我如此之近，又如此渺遠。

湖邊的船被主人綁靠在一起，這是枯景中讓我有甜蜜蜜的一景。

樹葉低吟中，有個不怕冷的老外穿著短衣短褲地慢跑而過，風送來他身上的古龍水味，怕死的白領階級，我在心頭竟這樣「惡嘴」著。

又是一陣安靜，突然想起寫小說一事，最不喜歡的小說是那種把生命關在門外的小說，但是在異鄉許久寫不出半個字的我，想著的是開放生命並不等於提煉生命，也許我也要像眼前的樹般，必須要經過這一季長長的陰冷幽暗的鞭笞，以及通過離情試煉的種種吧。

10月4日

和玲一起去看Blue Man 藍人。

驚叫整晚。

晚上回來，一直把賞著票根，票根上蓋著一只藍色唇印，是三個「藍人」中的一個替我吻上的。厚厚的唇形，黑人獨有的豐滿，看著看著，感覺性感至極，手指來回輕撫著唇形，彷彿也沾了一些夜晚的氣息。

那夜之氣息讓我掉入先前熱烘烘的艾斯特劇場（Astor Place Theater）。東村日益增多的日本年輕人酷酷地在劇場外閒蕩，有的女孩眼神勾魂似的，希望攀上個洋人搭搭訕。

票口隊伍開始鬆動時，周遭熱躁的期待情緒便漫酵蒸散著，還沒看戲就惹了一身騷熱。

持著候補得來的票，入內，撕票的人還嘿嘿幾聲的冷笑了一晌。

前三排的觀眾且得穿雨衣，實在令我心急地想一探究竟。

結果是又笑又驚的，折騰了整晚，只差沒鑽到椅子下。

三個光頭藍人，從臉至脖子漆著厚厚藍油漆，頭皮把耳朵罩住，一式的緊身衣，像來自外星球的異物，整場不言不語，純然的肢體語言。高潮是藍人會下台來抓人，且最愛抓東方女孩，嚇得我猛往椅子下鑽。

紐約劇場另類體驗，以此為最。

第五大道，

曼哈頓白領階級活動的精緻區，

卻總是讓我感到巨大的虛無。

THE
NEW
666
FIFTH

夏天，湖面解凍了；
情人舟影和愛犬出現在中央公園，
紐約最甜蜜的一景。

和凱文遊逛曼哈頓的中城公園。

10月15日

在這個快節奏的城市都心裡，卻過著龜步蟹行的日子和心情。和別人出去，不耐別人的節奏；和自己出門，卻不耐自己的寂寞。

油畫課教授最常掛在嘴上的是「Rhythm」韻律和「Pattern」形式，和別人或是和自己就是一種形式的選擇，至於節奏和寂寞就是一種韻律感了。生活中體嘗的氛圍，全可用來當作實證的當下。

不過有一種節奏和形式，女人大都不會拒絕，那就是在不擁擠，甚至有些清閒的狀態下，好整以暇的逛街。

來到紐約，常常就是隨意走走，走到身體完全癱瘓為止。

隨意所伴隨而來的是感官的解放，迎接開放的多樣性自我。拋掉歷史的、此刻的、旅行書寫所加諸於紐約市的形容詞和觀察。我試著把自己還原成一種名之為「人」的狀態，無所事事的只張著眼睛，東瞧瞧，西嗅嗅。

遊街河一定得知道如廁之地。

記得我到曼哈頓逛街上廁所的第一站是在第五大道上的川普大樓（Trump Tower），當時身旁是瑞瑗，她早搬去波士頓了，「思念的人永遠不在身旁。」我在逡巡廁所的當下，竟荒蕪的又浮起這種無邊感。

找到了古德曼（Goodman）百貨公司，如廁之處簡直豪華得誇張，一室的流麗金粉，轟然炫人。

出了廁所，巧遇畫室同學琴妮。兩人不禁對望大笑，原因是我們都穿著畫室的工作服跑到如此炫目的物質之最的黃金地「解放」自己。

不自覺地又望了望自己一身的隨意模樣，再覷覷身材有些走樣但仍緊抓華服、故作媚眼飄飄的周遭貴婦，頓然我們都浮起了一種逃離之感。

雖說沒有奪門而出，倒也是行腳匆匆。

晃到街頭向小販各買了一枝冰棒，小販說他是埃及人，然後他和我們就街攀談了起來。在這裡我才又找回了隨興的快樂。

10月17日

紐約是這樣的，那一區屬於自己的氣味，是涇渭分明的，街頭櫥窗的面相會昭告著你。紐約，她既能把大批的人潮吸引到她的腳下，理應也能打開人們巨大的內心迷宮，然後開始體內的遊蹤。

每一條街、每個區域的體內遊蹤，成分和戲碼皆是不同的。我不知道進出第凡內（Tiffany）的名媛貴婦是如何看待自己的生命？買珠寶的當下，又是如何的快樂與逍遙（或者是一種囂張的快感）？

然黑人碩壯的守衛在厚重的大門外站崗著，亮澄的珠寶昂軀在金黃精緻的小櫥窗內，不易趨近卻又色誘路人。

整個上中城第五大道和麥迪遜大道是用錢打造的銅牆金壁。

不打緊的是，只要有自信，即使氣味不合，也不會有人施你白眼，最多是不理不睬罷了。南施就常說，管它呢，你就跑去試穿嘛，你高興試穿幾件，試穿什麼牌子，根本不會有人瞪你。所以她有時沒事就閒閒地試穿著香奈兒、聖羅蘭等高級服飾，我把她的勇氣歸結到其實她是個喜歡那種氣味的人，倒非她眞的就是純享受箇中的自由。

而我還是覺得自己的氣味是屬於下城的，畢竟我只是個游牧紐約的普羅女郎。

尤其是穿過塗鴉牆，在陰溼幽黯的窄巷鑽著，小巷的成衣工廠流瀉出車衣的唰唰聲響，大眾生活的氣味鋪天蓋地而下，讓我深切感到生存的緊湊度。

我不會用機器車衣服，來紐約生活學會了三樣生活瑣事：煮義大利麵、剪前面的頭髮、縫衣服。聽著機器流瀉的聲響，再抬頭望望略微透著陰幽日光的公寓小窗，感到自己是個沒有技術的清貧知識分子。

上下城不只是南北的方向之別，它更是物化層次的分際。上城的貴婦牽著名狗，而下城的某些黑人命運卻不及那條白狗。上城潔白光亮，恆常飄來奶油和咖啡烘焙香；而下城的某些窄巷，尤其是靠東岸的下城，伴隨著風吹來了垃圾和隔夜的酒精尿臊氣。

但是下城的記憶卻讓人永遠鮮活，鮮活到成爲骨子裡的血液般。鮮活至人離開了那裡，卻還覺得未曾離去過。

10月21日

至「教堂」改裝的舞池跳舞，很奇怪的空間。向怡笑說，搞不好神父晚上跑來當DJ。

想起前不久和怡去Super Club，排了很長的隊伍才輪到我們兩個，被警衛攔下來，說著沒帶ID未滿二十歲不准進！當下眞不知該高興還是該怨嘆。

所以後來晚上出來夜遊，一定記得帶學生證，以告知年紀。但是年齡，又豈能眞切表達、顯示我內在的靈魂刻度呢。

11月1日

今天向一個黑人攤子買了一對耳環，花五塊美元；又逛到一家西藏人開的店，店裡金光閃閃，焚香裊裊。看太久了，以致有些不好意思，遂買了一個綠松石尾戒，六美元。

再往前走至東Houston，逛到了一家看起來很有個性的店，買了一件花裙子，有點像是印度的紗麗裙質感。

正好我腳上套著雙短靴子，於是脫下緊身長褲，換上長紗麗裙，走在紅瓦磚牆屋，穿過枯景中醞釀著養分滋根的群樹，感到整個下城竟是搖曳生姿。

（註：後來收到紐約朋友怡的信，信末她寫道：「文音，希望你一直沒有改變太多，像在紐約剛認識你的時候，有點窮，有點樸實，有時會隨興的買放在盒子裡閃閃發亮的石頭和洋裝。」）

——朋友的觀感還眞是頗爲貼切。

11月7日

前些日子才提到下城的屬性，但今日卻在逛蘇活區時，不禁落寞了起來。

原因是許多的著名服飾連鎖店相繼在下城開了旗艦店，大且連鎖的店家把小而有味的店家給併吞了。

任誰都看得出上下城的分界線將會愈來愈小，就好像紐約會愈來愈不像紐約般。同質性趨高了，連旅人的面目都快一樣了。

也因此愈往小街小巷鑽，才能再度有那種不期而遇的樂趣。

11月16日

在屋子裡翻箱倒櫃的，就是找不到我尋常放在背包裡的黑色封皮手札記事本。心急如焚地找著，末了，頹然坐在地上發著呆。

確定手札記事本是掉在地鐵車廂內的，悠然想起突然到站時，約是倉皇下車中給掉在地上的。沮喪地和CoCo說起，她說可以到失物招領處問問。

我說，會不會有個紐約客撿到，結果打算學中文呢，然後還發誓要讀懂裡面寫的文章呢。

CoCo翻瞪著白眼，大潑冷水說，別做夢了，紐約客誰理你啊。

12月17日

路旁有工人在粧點著街樹，大白天的，工人在試著燈泡亮不亮，樹上的人喊著，樹下操作電力的人也喊著，像在打撲克牌，玩喊牌的「大老二」似的，有一種挺好玩的趣味。

有的小店則賣著一捆捆的短木頭，很有耶誕味兒。

南施找我一起去逛百貨公司，我說只要不是梅西就好，耶誕節前後梅西擠得不像話。

南施說，那當然不，我們去逛第五大道的薩克斯SAKS。

於是我們今天就這樣地閒閒逛著薩克斯，薩克斯逛起來挺舒服，隨興撥弄衣服的吊牌，價格都是夠我生活半把個月以上之譜的。逛到打折的鞋子區，許多雙被女人努力撐過試過的鞋子，聲色已凋，卻猶然要上百美金，華麗是物化後的虛無，即使殘粧也是用銀子堆砌的。

而我們什麼也沒買，倒是跑去免費試粧的專櫃玩耍，化粧和玩顏料的道理差不多，幫南施畫著，她倒是挺滿意。

看南施化了粧的單純開心模樣，不期然想起卡爾維諾說過的：「很迷人的女人少之又少，多是小資產階級。」

我卻不這麼認爲，有時候我簡直覺得女人太可愛了，一點小惠，就有大大的快樂呢。大師也太以己身度量女人的尺度了。

走出薩克斯天色已大暗，雪花飄在粧點得華麗異常的路燈街樹上，物質昇華至此，竟是讓我忍不住想要掉下熱淚。（很濫情！心裡又是一種自覺進來。）

兩人逛到洛克斐勒中心的溜冰廣場時，心想即便流了淚，天寒地凍的，也會淚成冰柱。亨利摩爾的金色雕塑映照著白雪，雪中是無盡歡樂的少男少女，或急或緩地旋轉著舞姿，我們光是倚著欄杆看著這一幕，彷彿著了魔般，被入夜的紐約市中心耶誕前的歡樂景象給震懾住了。

久久地，我們才發現手和唇都凍僵凍白了。

於是拐入附近的咖啡廳，喝杯咖啡取暖。久久和南施無語著，我們各自在品嘗這樣的歡樂紐約，也試著在自身裡尋找一遍又一遍的失落。

12月28日

今天畫室有個女同學故意把衣服穿反，短髮下的白頸露出了Banana Republic、M的字樣，看得我會心一笑，又是個香蕉國共和國的市民，香蕉共和國的子民遍及各地，人們很容易就會買它個幾件穿穿，尤其是打折時。

的。

喧譁軟儂的日語在耳際此起彼落，黑壓壓的東方黑髮膚色，把許多的香蕉共和國店面擠得滿滿

冬陽下橫睡於街的流浪漢卻是無視於過往的行人手裡提著一袋又一袋的物品，他們有時候只是喃喃自語或是叨叨咒罵著。

但是大部分的時候，我們都逛到沒有心思會去想到流浪和流浪漢的課題。「In N.Y. You can find everything.」牆上的塗鴉不是這樣說了嗎？

1月9日

晃去紐約大學鄰近的華盛頓廣場，據說許多初抵紐約的落單女生大體上可以在這裡找到朋友。廣場上漫溢著波希米亞人的流浪氣息，許多人潑灑著野性的情緒，也有人讓情緒凍結。有個黑人衝著我大喊「China Doll」，中國娃娃；類比玩偶，有某種輕薄之味。一個白人甚至迎面對我噴出甚爲乖張的「Miss Saigon」，西貢小姐；此間百老滙上演的劇碼，美國人對亞洲女孩的刻板符號。

我細細體會如此明目張膽的打招呼方式，企圖勾勒自己的面貌所帶來的身分認同。

想來想去，我想是因爲游牧生活已久的自己，長髮在沒有修剪之下的一種散漫樣子，髮絲的枯黃鏤刻著歲月斑駁。

又或許只是下城的某種氣味使然，以及某種東方情調的作祟罷了。

據說日本女生受到小說家山田詠美的影響，在這個城市街頭找尋黑人帥哥的身影，山田詠美曾說她的前魂是黑黝皮膚、狂野的菲律賓人。而在這裡你看到的黑人和東方女孩勾搭在一起，不用問，即可知悉是日本女孩。

不過我有個黑人朋友則告訴我說，黑人喜歡亞洲女孩，但不是每個亞洲女孩都喜歡黑人，他覺得因爲日本女孩的尺度較寬，心態較易接受新事物，所以她們不太受對黑人刻板印象的影響。我告訴黑人朋友說，山田詠美的小說曾隱喻黑人的陽具較大，因此她們趨之若鶩，未必眞的是包容了所有的新事物。黑人朋友聽了一連串嘿嘿嘿地笑了好幾聲。

然遊蕩下城，確實感受一股自由的張力在悄悄抒發著，隨意邂逅的牆上塗鴉本身即是一種情緒的張坦。「I want to die.」死亡的慾念像一場熱鬧的嘉年華會。也有人噴著「Do yourself.」，做你自己。

不論形式的隨意，或是僅止於情緒的宣洩，觀者如我皆感到一種有如泰山之重的張狂鋪天蓋地襲來。

1月21日

春天街上，每天固定集結著賣衣飾的攤販。花花衣裳夾在尼龍線上，攤販就街攀談，逛者無心嬉遊，日子倒是如流水嘩啦，無聲無息。

在下城的街上逛的趣味之一就是把自己融成邊陲屬性的一部分，看看自己的慾望和被觀望的慾望物所產生的化學變化。

1月24日　大雪

雪下連天，心曝曬在外。

倚在窗櫺上，喃喃地說著幾聲飄雪了，飄雪了。熱煙迷離的大道上，間歇有些黑影從窗前走過。雪旋轉飄落著，把路人圍成一個個氣流似的小圈圈，而每個人宛若是個吐著白絲的蠶兒。

街上泥濘，腳印相疊，遠望似是白絲絨上沾惹著不可磨滅的髒漬，甚至從那髒漬裡頭看見了恆久以來的一種張惶感。

客廳傳來水聲，是房東跑來幫我們這群女孩刷洗地板。他常掛在嘴上的話是：「我是哥倫比亞碩士畢業的，紐約哪裡我沒去過呢。」雖然我們對這句話有所保留。

我離開窗邊，向他討老鼠藥，老鼠已經咬破我的一件青灰色裙子了，我說。

房東停下擰著溼漉漉毛巾的手，腳下仍保持著蹲姿，露出了一小截的條紋睡衣衣角。「等我哪天到唐人街再買吧。唐人街便宜多了，九毛錢就可以買到兩、三盒大陸做的黏鼠板。」

下午上完第一堂的素描課，頓感無聊，把畫具鎖上櫃內。突然想去唐人街轉轉，尤其是去美麗華吃個包子，喝杯一塊錢的咖啡，不過我並不打算幫房東買黏鼠板。

溼漉漉的窄巷，很多長得貌似房東的後中年族群，大量地和我錯身而過，在廊下的修手錶小販，手裡拿著《星洲日報》在看著；隔壁的擦鞋匠看著《世界日報》，嘴唇不時地動著那麼幾下。他們的身上有一種氣味，像是陳年中藥舖的木櫃，黃著一張臉，眼神渾濁。

推開美麗華咖啡屋的黃濾鏡面玻璃門，叉燒包特有的蒸味在空間飄散著。

一位穿著白襯衫的老師傅從午後的打盹中清醒，問我吃什麼？他用粵語問，我不會廣東話，只得找牆上的菜單比給他看。至於玻璃櫃內裡暖烘烘所蒸的各式廣式糕點，想吃，看來只能用比的。隔著玻璃，比了，給錯了；搖頭，師傅於是從櫃台前繞到我旁邊，看我的食指所指的確實方位，才又回到了玻璃櫃的後門。開了玻璃門，整個人籠罩在一片白霧氳氳裡。

他的背後小角落，紅燈泡艷姿姿地奉著地主財神，財神旁是五方五土龍神。奉祀的木碑上刻著：「土能生白玉，地可出黃金。」

這裡是紐約，也不是紐約。喝了一塊錢的咖啡，嚐了一個九十九分錢的蛋黃包，整個人墜入了昏黃色調的濃濃午後，沒有像我這樣的女子來這裡喝下午茶，只有老人，有一搭沒一搭地和死神交手，再錯身離去。

美麗華，無論如何你都應該進去嗅一嗅那蒼涼卻獨特的氛圍。

這個下午，我差點想打電話給王家衛。

2月5日　窮人的天堂

紐約有許多九十九分錢的店「99¢ store」，被我的朋友稱爲「窮人的天堂」，因爲眞的是每一件物品都是九十九分錢，除了「收銀機」和「售貨小姐」以外。

提了個籃子逛著，看到需要的東西就不假思索地往籃子丟，阿斯匹靈止痛藥、漱口水、一包三支的牙刷、一包三件的棉質薄內褲、一個馬克杯、一個白瓷盤等。品質當然差了些，常常都是中國製造或是墨西哥製造。

對於民生用品而言，我很喜愛九十九分錢店的平（貧）民性格。何況有時候也能找到還不錯的物品，比如蠟燭，比如貼在冰箱的造型磁鐵，比如可放在浴室臥房的乾燥香花等。

美國繞一回，你會發現他們的幸運數字是九九，每個物品的標價（尤其是打折期間）一定會有.99的尾數字，就好像台灣的9般。只是他們段數更高一層，許多地區都有九十九分店，或是每件十元的店（everything 10 dollars）。

到這些店買東西的人種紛雜，大量的印裔人、巴基斯坦人、中東人、南美人、黑人，還有我這個台灣人。除了九十九分店，我和這些人相逢的地方常常是在自助的投幣式洗衣店。二十五分錢的硬幣，是客居紐約一定要蒐集的銅板，它能應付所有的投幣式機器。

洗衣店裡，你可以望見一家子的，或是單身的衣服品味和生活質感。投入硬幣，在衣堆裡倒進九十九分錢一包的洗衣粉，轉動按鈕，嘎嘎聲響，洗衣味淡溢。生活的一切在那裡有了歸依的岸邊，那是紐約最溫暖的角落。

我非常喜歡在那個公共空間洗衣服、等衣服的過程。

當打開洗衣機的蓋子時，抱起衣服，布料烘得暖暖的，一路拎回家，像是抱了隻心愛的貓狗般。

（註：有一個重訪紐約市，朋友帶我去三十三街附近，梅西百貨公司旁邊的一家超大型九十九分店，從紐約到台北，再從台北到紐約，99¢Store「窮人的天堂」成了我紐約生活的重要象徵。）

2月13日

也許並不是許多人都和我一樣，如此浸淫著他們的紐約大都會的生活。

九九，久久；然而這些東西都非常不耐久，牙刷刷沒幾天就歪了，棉質的內褲穿起來微微磨刺著大腿的肌膚。

久久，哪裡有什麼是恆久的呢。

2月15日　Flea Market

今天在跳蚤市場裡買了兩件舊皮衣，和CoCo當街穿著，彼此笑著，像是兩個老嬉皮酷妹。

跳蚤市場，紐約客和異鄉人最常週末日流連之地。

直接而隨興，矯柔的那套這裡可派不上用場，邊緣屬性和喜愛老靈魂之流的人在此或許可以找到些微的棲身處。

許多的跳蚤市場緊鄰著繁華都心，極端對比本來就是紐約的主調。

把唐娜卡倫和卡文克萊等人的衣服擺設得像是Mango價位的梅西百貨，百貨的鄰近不遠處就是跳蚤氣味四溢的街道。

跳蚤市場，霉味，喧譁；魂魄相撞，既咫尺又天涯。

「請問你還有沒有多一件？」CoCo揚著我手裡掠奪到的風衣向老闆問著。「你以爲這裡是梅西啊。」老嬉皮還魂的老闆沒好口氣地回答著。沒買到風衣的CoCo於是就故意向我說，搞不好這件風衣是哪個女人死去了，被別人拿出來賣，你看衣料這麼好，還這麼新，怎麼可能賣十元。

死了就死了，我又不怕。我答。

所以跳蚤市場看到喜歡的東西要先下手爲強。

2月19日　兔毛領皮衣

鄰堅尼道的Alice of the underground，地下愛麗絲，騎樓的鐵架內擱置著大量的皮衣。一個寫著一件六元，兩件十元的小牌子插在滿坑滿谷的小皮衣旁。這樣的價錢，很容易就讓我駐足了起來。

黑人的手，黃皮膚的手，在衣堆裡翻攪廝奪著。

一件有著兔毛茸茸的領子，鵝黃色皮，衣身剝落著些許歲痕。仔細一翻腰帶上竟用麥克筆寫著Norma和Raemy，諾瑪和芮咪的名字各據皮帶的兩端，環釦處刻著：Love Forever，愛到永遠。

因爲「愛到永遠」的字，所以我決定買這件兔毛領皮衣，穿上它，朋友說看起來有點像是年輕時沒有化粧的小野洋子。皮衣最容易沾惹著歲月人身的體氣，漬黑的膩味，陳年的垢黃，有著類似長滿綠藻的井底，酷妍之色。我喜愛那份浸淫已久的生命情調。

CoCo可比我理性多了，她聽了我叨叨說著諾瑪和芮咪的「愛之衣」後，壓根兒就是一臉的不屑，「衣服被賣掉了，那肯定他們分開了，愛到永遠，不必了。」

是啊，所有會流落到跳蚤市場的衣物，也許都是因爲主人的相輕吧；可是，也許我們也可以換個角度來看，說是主人的勇於割捨呢，不管喜愛或不喜愛，生命到了一個階段，總是需要重整一番。

3月2日

手裡拿著FM2相機四處拍照，已經許久不拍照了，原因是有一回拍到一個流浪漢，他的手一擋，我忽然了然把鏡頭如此招搖地對著別人是不對的，是不敬的。

於是我把鏡頭轉向自己，所謂的鏡頭其實就是一面鏡子，一塊畫布，看看這個自己在想著什麼。

又過了好長的一段時間，才有勇氣再度拿起相機，明瞭鏡頭後的意識流動，漸漸地又有了信心。

今天打算拍些下城的櫥窗，一種流動光影的氛圍。

拍到華裔設計師Anna Sue蘇安娜的店面時，彷彿看到了跳蚤市場衣物的原形，也就是新的跳蚤衣。而蘇安娜的設計風格據說也是受到跳蚤衣物的啓發。

每一件來自跳蚤市場衣裝概念的再製版，經過還魂，身價已是貴婦脖子上的那條皮草了。蘇活區的畫廊平面作品裡可以見到許多人的復古精神，從文藝復興的古典藝術來找靈感。逝去年代的衣物氣味恆是一缸靈泉水，靈泉水來到了仕女們的身上，只成了美麗的裝飾品。

3月10日

當我見到 Lord of the Fleas 的招牌時，內心感到一驚，這個名字太好玩了，上帝國度裡的跳蚤，或直稱跳蚤王。

簡直是物化的最高境界，連上帝都抬出來了。然再細細深思，突然靈光一閃想到這個命名者應是對名著《蒼蠅王》（Lord of the Flies）一書的借用（或嘲弄）。但Fly 改成Flies，蒼蠅變跳蚤，除了字面的好玩外，更重要的是這家店賣的確是貨眞價實的跳蚤價格之衣物，所以貼切至極。

大部分是一件十元，有的二十元，很好看的全新皮衣外套九十九美元，很划算。百老匯大道和七十五街附近的「跳蚤王」是我常逛的一家，店長是個光頭大漢子，一聊，竟然去過台灣的阿里山，難怪他看到我比較殷勤，甚至有點囉嗦。

（註：某年再訪紐約時，特地去逛了這家店，才在門口便見到他的大光頭在櫃台上閃著亮光，推門進去，他的第一句話竟是，你怎麼消失了好久？竟是完全記得我。）

PRADA

MILANO

普拉達名牌在第五大道上的巨幅看板。

Anna Sue 在蘇活區的專賣店櫥窗，
窗上的反光裡可以見到
下城特有的防火梯建築。

曼哈頓薩克斯百貨公司外一景，
冷絕美艷的塑膠模特兒對比著一名婦人。

GAP，無論在那個街道，
總是輕易就相逢的牌子。

3月12日

穿過聖馬可街，隨意沾惹著一街的波西米亞氣味，毗鄰東村的下城一帶，無意間走著竟又碰到「跳蚤王」店，這家店據說愈來愈受歡迎，已陸續在曼哈頓開了三、四家連鎖店。

推門進去，櫃台站著一個亞裔臉孔的女孩，她連理都沒理我一聲，相較於上城那家的大光頭先生，她又顯得太不近人性了，何況她守的是家服飾店，實在是冷得沒道理。

很奇怪，在紐約市要是碰到不認識的亞裔女孩，通常她們反而比較冷漠，不知這是否是因爲彼此有東方血統的關係。在西方卻要去迴避東方血統？不解。

3月17日

屠殺雅痞，有個塗鴉竟然如此寫道。

肚子昏餓著，倒是也想去屠殺一番。

穿過霧藍的寒氣，雪飄到身上，成雨，瞬間化無。幾個發著傳單的人，把精神閱讀和算命的廣告傳單遞到了我手上，讓我產生一種失敗的幻覺。

緩緩行經枯景中幾棵努力醞釀春色的大樹後，才找著了費加洛咖啡店。經過一家同性戀酒吧時，窗口正好就坐著一個東方蒼白男子和一個西方男子在親熱著，那東方蒼白男子瞥到了我在看他們時，他還急急把頭給轉了個面。

看得我有些想笑。

紐約的路很好認，唯獨格林威治村一帶，常讓我迷路摸索。

也因摸索，常會有許多的奇遇，好比剛剛那一幕，就是一個異色小說題材的開端場景。觀光潮在周邊無盡地流盪著，一個人逛此區頗怪異。

3月21日

逛書店，是紐約最寫意的活動。

就算你不認得這些豆芽符號，一樣可以產生飽滿的樂趣。

卡爾維諾到紐約時，也特別提他去逛了書店，他在《美國日記》一書裡寫到：「我的書有沒有陳列在書店裡？書店的櫥窗或是架子上呢？沒有，不見一丁點影子，在書店裡沒有看到半本。」

他那時候應該沒有龐森諾伯（Barnes & Noble）這樣的超大型連鎖書店吧。要是大師活在現在，看到他的書被大量地放在思潮系列和小說系列的架子上時，他肯定不會有失落的情緒。

3月22日

天氣很冷，不適合遊街河。倒是很容易就又窩到書店去。

經過莎士比亞書店，從玻璃門看到店內看書的人不少，店家把許多的打折書櫃放在門外的廊下，經過時，感到走在街上都有一種書香味，一種美好的氣質。書，紙張，讓我感到安靜。我眞希望，網路沒有那麼流行就好了。我還是喜歡摸到紙張的感覺，寧願落伍，寧願被科技拋得遠遠的。

再往前走至八十二街的龐森諾伯，推門一進，哇，竟是有如梅西百貨公司。紐約人愛書還眞是名不虛傳，意識不禁想到初抵紐約時，在中央公園和我說話的那位拾狗大便的工人，從他嘴裡吐出莎士比亞時，我臉上閃過的一絲動容。很多人問我，紐約到底有何不同，我想說的就是這個重點，你光看紐約的表面是不夠的，來紐約一定要住到一種味道出來，和這裡的人交朋友，你才會明瞭紐約之所以爲紐約。

買了兩本書，結帳時，竟是隊伍很長，可見這裡的人可不是光看書不買書。

一本是維吉尼亞吳爾芙的書*A Passionate Apprentice*，一本是《西蒙波娃傳》（*Simon De Beauvoir*），有趣的是兩本書皆以她們的左側臉爲封面，略微沉思狀，刻意拍的角度。波娃的旁邊傍著沙特，因爲角度的關係沙特看起來變小了許多。

完全是女性觀點的書皮設計。

4月8日

今天風奇大，眞可惜，要不然會是個很不錯的天氣呢，太陽微微露臉，但風太大了，吹得人七葷八素的。然而即使颳著颶風，紐約客還是迫不及待地坐在咖啡店露天的椅子上，有人還朝我喊著：「Hi ,It is a nice day. right?」

只好點點頭，紐約人是只要有看到一點點陽光就滿足了。而我還是想鑽進室內，看到西雅圖咖啡店，如見救星，點了咖啡，安然以坐的拿出袋內的書翻閱著。

4月17日

週末有人按電鈴，習慣沒去理。下樓打開信箱，才發現有一張掛號通知單，感覺依稀是郵差方走。

抓著郵差留下的黃色單據，走在七十二街上，在強風中思量著會是誰寄來的呢。

昨夜屋頂突然瀉下一大盆的水，天花板油漆龜裂，接近天亮未亮之間的迷濛昏睡狀態時，雨聲滴答滴答的，讓我以為身在台北。

突然一時，肚子鬧疼，如廁。待解畢，又倒回床上，彼時天光已伴著雨全盤大亮起來。樓下施工的工人敲著天花板，碰碰碰的，宛如地雷爆炸。

隔壁室友，昨天男友來找她，約是還賴在床上。

而流浪漢已經定時出現在街角。

我也出現在我該去的咖啡屋裡，品味著街景人生。

4月18日

假日，許多的同性戀伴侶牽著狗一起出遊，一身的香水味隨風送來，飄到了我的鼻息周圍。換了兩班地鐵，到達四十五街猶太人開的店，買了六捲底片。一時還不想回住的窩，便又逛到了蘇活區。SOHO，是誰起意把它翻譯成「蘇活」的，其實頗為貼切。要是蘇改成甦醒的「甦」也許更好。

買了一件很有原住民色彩的短上衣，是紐約著名的設計師Todd Oldham，買的是他的副牌，且打了折。

假日獨行於熱鬧的商圈，感到自己的孤獨影子在擴大中。好在，紐約是那種誰也不理誰的模樣。

走到了Houston 街的Film Forum看電影，電影播映的竟是老片《計程車司機》（Taxi Driver），買了票進場才發現竟沒有位子了，出來向售票員說要換下一場。於是，時間便多出了兩個鐘頭。

Houston不過離蘇活區幾條街，然卻冷清蕭條，店面在假日幾不營業。

我只好又逛到了Thompson街，隨意走進一家T恤店，店主穿著一身軍裝，長相有趣。我試穿了好些件，其中有一件圖樣別致，但長度太長。我向店主表示，他倒是很酷，他說：「沒關係嘛，剪掉不就成了。」被他這麼一說，好像他很新人類的樣子，而我非常落伍似的。

不知是居於什麼心理，反正我就買了，花了十塊美元。

然後他自我介紹，說他叫Sam，說話時他有個朋友正好前來找他，Sam的朋友叫威利，Sam說威利跳黑人舞一把罩。威利問我從哪來。台灣，我說。他說他本來想猜我是日本人，因爲這一帶日本人很多，但看我的長相又不像，威利還說我像墨西哥或是西班牙混血，聽了我感覺站在他面前的好像不是我似的。

五點多，再度到電影院，竟仍大排長龍，我還以爲舊片重演不至於太多人。有些人稍稍望了我幾眼，大約是因爲天色漸晚，而一個人跑來這個荒涼區域看電影的獨身女子不多吧。

早些年就已看過《計程車司機》一片，留下最深刻印象莫過於勞勃狄尼洛和茱蒂佛斯特，對於影片場景則只是感到熱煙不斷地自地底幽幽升起，一束束的光線劃過駛去不知名的他方，霓虹燈影下是一張張撲朔迷離的臉孔。

人在紐約看紐約影片，每個畫面閃過，心頭就會「哦」的了然一聲，哥倫比亞廣場、時代廣場、布魯克林……。

茱蒂福斯特早已成年且已生子，勞勃狄尼洛已漸露老態，電影裡那個演黑社會控制雛妓的哈維凱托，如今更是令人難忘。

那天和朋友尼克去看了王穎導的《煙》一片，哈維凱托演活了他的出生地：布魯克林。他在

《鋼琴師的情人》裡，演活了那個柔情粗漢；就換是我也願以一隻手指，換取和他終老。

尼克聽了不可置信地看著我，一副期期不可爲之的告誡表情，我笑著續說，放心，我可能一生也找不到這樣以身相許、以命拭情的男人。

4月19日

中午，天空是冬天裡紐約常見的一種霧藍，飛得老高的雲，從麥迪遜大道穿過第五大道，進入中央公園。摩天大樓像是舞台景片般地成片拉開。

感覺像是假的，爲何會有假的感覺？可能太安靜了，以至於和紐約產生對應不起來之瞬間認同感。

進入中央公園，四周只聞背包和腰際磨蹭的沙沙聲響。從來沒有在紐約感到內外協調的安靜感，裡裡外外都沉澱了下來。結冰的湖，岸上湛藍的船泊著不動，擠靠一起度寒冬，等春風一吹，他們又可擺渡身子送往迎來了。

感覺自在可也感覺幾分的孤獨，不是有人說過嗎，一個人孤獨比兩個人在一起孤獨過還好過些。

4月20日

上了黃色的N線地鐵，毋須特別注意車行至哪裡，只消蠟黃的東方臉孔多了起來，或是見到有些人手裡提著印有「合記」、「新樂記」之類的塑膠袋，就知道是打中國城上來的。

想不來中國城都不行，倒非是胃囊還在搜尋故鄉的土產滋味，最重要的是紐約最大的畫材店

Pearl Paint 就在堅尼道站，地鐵站內用馬賽克拼成的「華埠」二字，明明白白的訴說此地所屬的人種，又或者站內站外特有的髒亂和悶溼氣味，也能讓鼻息領航，不會錯過該站。

在唐人街裡正好遇到有人在拍電影，從我旁邊走過去的人竟是艾爾帕西諾，他演《教父》時的神情停留在我腦海多年，如今他的人竟穿著長大衣和我錯身而過。

相見不如不見，艾爾帕西諾再演下去，不出十年，就會步上教父馬龍白蘭度的後路了。時間對人還眞公平。

老外老喜歡把唐人街想像成毒窟和幫派，而外國旅客也常在唐人街裡異國情調似的盲目取景。某次，見著一個白人站在格林街上一個寫著斗大「痔瘡」的招牌下拍著紀念照，看了我暗笑許久。

水果攤上，買個蘋果，邊走邊咬著，反正沒人理你。身旁的東方老人老婦，三五成群地在黃昏時日裡挪移著步履，他們有的畢生也沒有離開過華人族群，淨是在成衣、餐館裡度過一天又一天，無日無夜。

有個黑人朋友告訴我，他可不敢在唐人街待到天黑，他覺得入晚後的唐人街令他感到驚怖。

當金黃過後，路燈一閃一滅的，垃圾隨風飄飛，建築的邊線一點一點地暗了下去，三兩個路人影子拓在幽溼的地下積水上，影子拉得長長的，好似會發生什麼，但又不確定會發生什麼的一種不安全感，竟是魅影森森。

這裡讓人特別感到與世隔絕，但卻又有站在世界中心的交會站之感。

也許一切只因爲紐約，只因唐人街，只因華人。

4月21日

和朋友去費加洛（Figaro）咖啡店，有朋友引路，這次一下子就找到了費加洛。我們的神情和春寒料峭的天氣一樣蕭索，像是往昔「垮掉的一代」（Beat Generation）的藝術家一樣，來到了往日他們聚會的此地。黃漬的咖啡壺比在座的每個旅客年齡都要來得老多了，法國的《費加洛報》還貼著，滿街的觀光客，實在很難想像過去的紐約詩人在這裡討論時事、朗誦詩歌的文化人畫面。

咖啡店屋外有人在拍著時尚模特兒之類的照片，高瘦的模特兒在搔首弄姿著，而屋內的爵士樂有一搭沒一搭地放著。

但是整個店的光線和情調還是讓人覺得值得來此閒晃半日。尤其是頭頂上的光，暈暈染染的，好像是六〇年代的那批詩人把魂魄給留在了那陰幽的光裡，緩緩地流瀉著他們對人世的眷戀。屋外屋內，都是紐約的人性華麗和蒼涼，充斥四周的繁多物種和物質，讓在咖啡店的我，不禁既歎且讚。這種心情和每次遊街河所發出的詠歎調如出一轍，總是在遊晃的片晌，「你在張望什麼？」的問號，每每狙擊心靈。

汪洋歷險，通過這個城市的富麗孤絕和蒼涼頹廢，反覆沸騰的其實是慾望的身影。

在費加洛吃什麼好呢？我什麼也吃不下，只點了一杯咖啡。

心情還處在悼念亡魂的氛圍裡。

5月19日

在上班時間晃到了中城的一座公園內，一堆穿著白襯衫西裝的上班男女正在吃著三明治和水果沙拉，聊著八卦。

兩點一到，這些人模人樣的上班族全回籠了，整個公園方安靜了下來。一種非常奇特的空間感，好像整個人突然被拔掉了插頭似的。

很慶幸，此刻的自己是個不必上班下班的人。

5月20日

冷冽的風仍然侵襲身體和衣服之間的空隙，這種冷有點像是一種沒有溫度的悄悄使壞，讓人無以適從。

衣服，在冷天爲了保暖，比美觀的考量來得重要多了，然而心卻還是在意著美麗與否，我望著「心」，爲她感到可憐。

身體還是戰勝了心，決定穿保暖的厚棉外套走到畫室，保暖才有餘力可以作畫。

在櫥櫃裡找手套，找了半天，發現兩雙手套都只剩單隻，另一隻都不知流落何方。湊合湊合的戴著，好在黑色和咖啡色，色系差異不大。

異鄉游牧生活讓我對美的堅持鬆懈了許多。

因爲所有的精力全要拿來對付生活的本身。

鮮活區一家骨頭專賣店，
骷髏旁站著一名辣妹，讓我想起《紅樓夢》，
清人王希廉曾評說：
「（風月寶鑒）背面是骷髏，正面是鳳姐；
美人即骷髏，骷髏即美人；
所謂色即是空，空即是色。」

邂逅

(7/27-1/26)

1月26日，
南施消失了，
等於讓我陷入更龐大的孤獨，
她本來是我紐約友人中最感到自在的朋友，
最是可以分享一切的朋友。
她走了，
讓我在這個城市，
更加沉默著……

在不斷邂逅游牧的狀態裡，
感到失落的重量幻影。
意識到自己是個從過去長途跋涉而來的旅人，
不論出發、移動或是靜止、窩居，人並不因為一無所有而喟嘆；
相反的，我已擁有太多。
從今而後，我會為人生的此行，感到寬容。

7月27日　天青氣朗

中央公園，涼風乍起，落葉拂在臉上。喪失了時間感，遁入了空間感。仰躺於石頭上望著樹影的線條發呆，線條就在眼前，外面就是幾何；美術的理論在生活裡都可以找到實證。

松鼠張著嘴不知在戳咬著什麼，麻雀一蹬一蹬地跳躍前進，周旋花蜜上的蝴蝶兒，成排的紅衣制服被小孩子卸下，掛在樹梢上。像是一只只的大紅花開在樹林裡。

白人牽著黑狗溜著，黑女郎穿著白衣走過。

冥想中有個人影突然站在前面，擋住我的風景。

他露著白牙笑著。我對他笑一笑，卻見他絲毫沒有要離開我視線的意思。他自我介紹，他說他叫Younger，很好記是吧。我點頭，眞好，名字永遠年輕。

他是中央公園負責撿狗大便的工作人員，他秀著他背上的徽章，繼續說著他是隸屬於市政府的工人，可是吃公家飯的喲。

口氣聽起來像是某某國營企業的老闆似的，不像是個拾狗大便的人。

「I am a good guy.」我是好男人，他重複這句話。竟然有這樣公然促銷自己的！從口袋中他拿出了一張精美的廣告單給我，我接過一看是市政府在中央公園的露天表演會。每年夏季都會在廣場舉行，其中的莎士比亞劇非常受歡迎，約翰藍儂的遺孀小野洋子也曾受邀是音樂會的表演者之一。

他要我等會兒一起留下來看莎士比亞劇。

我看看錶，搖頭。

於是他抄了電話給我。我接下，知道這是永遠也不會打的一個電話號碼。

向他說再見。回程心想紐約的文化竟是如此廣袤，連公園拾狗大便的工人都可以隨時從口袋拿出莎翁露天劇的節目單。

對這個城市感到一份敬意。

第一個在紐約邂逅的人，實在令人印象難忘。一個拾狗大便的人，讓我認識了紐約的臥虎藏龍。

8月6日　有雲有風

這眞是個自由之地，沒有人在乎你是誰。每天置身在宛如調色盤的人種裡，我的膚色是用寂寞和鄉愁調成的。而所謂的鄉愁其實只是一種對台北的你之相思罷了。

哪裡有愛哪裡去，我早已喪失如此的勇氣了。

今天在地鐵坐著，隨著車身晃動，感到一種孤涼，游動的孤涼。

一個男人拿著成綑的布料坐在旁邊，突然轉頭開口問我，要不要一起下車，喝杯咖啡？我突然想笑，笑這個城市無厘頭的對話方式。

怎能如此隨興安排自己的時間呢？

我實在是挺羨慕。

當他下車時我想。

9月1日

這個城市的邂逅方程式，簡單直接、引爆核心。

拋掉各種思維，讓紐約如景片般浮過心頭，最是符合邂逅的身心條件。

漫走大街小巷是必要的。

圖形繁複花麗，不斷重複的塗鴉，讓我知悉了無處不邂逅的氣味體現方式。從塗鴉語彙可以發現自由的、愛秀的、搞怪的、無政府狀態的人，還有我這類人等，皆可在下城找到某種依歸。在陽光下，隨時可見橫睡於街角的流浪漢。在銀行的自動提款機前，流浪漢捧著紙杯，索錢。紙杯內的銅板被他弄得吭吭響。

有個年輕女流浪漢肚子微凸，狀似懷孕，她向我說她肚子餓。我給了她五塊錢，她的臉上險些要落下淚。我卻惆悵想，爲何這麼年輕就開始流浪索討的旅程。初來紐約的第三天，亦遇過一個令我印象深刻的女流浪漢。身體套在塑膠袋裡，微微露出乳房，掉著淚，向路人討乞。

朋友脫下衣服要給她，她卻猛搖頭。她要的是錢，穿上衣服她就少了「缽」，賺人眼淚的工具了。

我見到外國人見此景以不給者居多，我聽到他們嘴裡說著，「他們應該去工作。」思考點不同。

我一個朋友更鮮，每回有流浪漢跑到他眼前討錢，他都會回答，「明天好了，明天我再給你。」當然明天，誰也不知誰在哪裡。

9月9日

陰暗的地下鐵，彷彿藏匿著人們的慾望根源；下班時間，塞滿肉體和靈魂的車廂。隨著地道彎曲的車廂，身體晃動在電光藍影中。紐約我才待沒多久，幻滅感已尾隨而至，特別是在尖峰時間搭地下鐵時，面對塞滿肉體和靈魂以及氣味的空間，沒有一顆心爲你駐足，不會在同一個列車碰到相同的人，所以每個人都想，看上了就得快一點，要說的話就快說吧。下了車，人海茫茫，不復再尋。

因此當朋友告訴我，有一回她在地鐵碰到一個男人，男人看見她時，正好到站，他被人群推擁著出了車門，在窗口向她擺手。

朋友想，再也不會碰見這個男人了。誰知過了大半年，有一回竟然在同一站的地鐵碰到該男子，男子馬上就認出她，她亦張著口，好半天不知該說什麼。男人說了話，「這次你一定要把你的電話告訴我。」

就這樣，他們開始約了會，在這個人人是黑衣過客的大都會。

1月7日　起風

今天和南施約好一同去看電影。我從七十二街出發，她從七十三街走，交會的地點是六十六街的林肯中心對面。

電影是《遠離賭城》，晃動的光影，迷離的爵士樂，一個醉鬼，一個妓女，沉淪的世界，以一種墜亡的凋零姿態述說絕望，沈浸谷底的靈魂借用肉體來溫熱餘生。南施在戲院裡簌簌掉淚，擤鼻涕的微響，讓我不敢覷她，唯恐她難堪。電影落幕，帶著影片的餘溫涼意，走出戲院，寒風刺骨，夜已深。

我們於是去了一家小巧的咖啡屋喝杯卡布其諾，談談話，取暖。雖然我們都很正常，不是酒鬼，也不是妓女。但是，我們在這個城市，非常需要依偎一起，相互，取暖。

2月3日　晴轉烏雲

七十二街房東的一個教會外國朋友，今天在門口相遇，老先生一頭蒼白的髮，微笑的臉，堆滿了歲月的寬容笑意，是一種虔誠教會人士特有的氣色。

他說我非常適合住這棟公寓，因爲我的生日三月七號，而我住的這棟樓住址是205號，二加五是七，而我住三樓，正好是三月的三。

我心想他還眞會掰，但也覺得他挺可愛的。要是人生能如此簡單地面對抉擇，數字化，那曲曲折折的心，豈還有容身之處。

2月9日　天涼有雨

買了一件很貴的毛衣，八十六美元，浮上了罪惡感。

往前走，轉了個街角，遇見一個求乞著，得了愛滋病的一個街頭流浪者。皮膚發爛，一如地上被吃爛了丟棄的瓜果，蔓延著汁液，蜿蜒如地圖。但他的臉龐卻宛如耶穌，長長鬈鬈的金髮，在大雨過後，陽光衝出厚雲，灑下的光芒勾勒著美麗的輪廓。

我給了他一塊美元。

決定今晚吃泡麵就好了，省些錢。

2月11日

讀《梅洛龐蒂美學》一書，讀到他寫莊子「形而覺開」的那段話感到內心漸漸天青氣朗。可堪玩味的是讀莊子原文，竟是從西洋書裡再次邂逅。「大知閑閑，小知閒閒，大言炎炎，小言詹詹，其寐也魂交，其覺也形開，與接為構，日以心鬬。縵者，窖者，密者。小恐惴惴，大恐縵縵。」

睡寐之時，神魂交雜錯亂，待覺而醒來，形體開然，容納外物。

想著想著，竟然盹著了。

突被電話鈴聲嚇醒，乍醒，揉眼，渾沌著心，一聽是你，隔海寄來梅洛龐蒂一書的你。

在紐約讀你寄來的書，感到非常有氣質。

2月14日

在書店的藝術區翻閱著芙芮達・卡羅（Frida Kahlo）的傳記和畫冊，傳記和畫冊放在熱門書平台上。我在地鐵車廂內，好些次看到不同的女人在車廂內讀著這一本傳記，當時即十分好奇，什麼書這麼好看。

過去並不太有機會認得卡羅，只是某次在畫室裡，下課時有個人在我旁邊說著卡羅這個名字，還問我是不是很喜歡她，因爲他覺得我的畫和卡羅的直覺式畫法有些相似。

然在作畫以前，卻是對卡羅一無所知，連畫都沒看過。唯一知道的只是她是墨西哥非常有名的女性藝術家。

今天到書店，特別想起要翻翻她的畫冊，而無意又看到了地鐵車廂內許多的女性捧著讀的那本傳記，更加好奇了。隨意找個沙發略微一翻，即已知道爲何卡羅這麼受到女性的注目，又爲何有人會感到我畫作裡的某些元素和卡羅有些相似。

我想原因是，我們都是以生命本體來看藝術的人。比之於卡羅，我的人生蒼白太多了，畫裡也沒有那麼多的血腥和困惑。只是有些徘徊、存疑而已。

決定買傳記回去好好地讀一讀。翻翻口袋，卻發現現金不夠，又把書擺了回去。在擺回去的當下，一個聲音淡入耳膜，「她是好的藝術家，是吧。」循聲望去，一個有著希臘和某個歐洲國度之類混血的男生在我的身旁說著話。我笑著說，是啊。

然後男生自我介紹說他叫尼古拉斯，「Nina。」我說。

尼古拉斯示意我跟他走，拐進藝術櫃書區，他熟練地翻出和卡羅一生糾葛的男人，也是著名的壁畫家迪哥里維拉（Diego Rivera），翻了幾頁迪哥的壁畫給我瞧瞧，我指著其中一幅壁畫裡的女人說：「卡羅。」尼古拉斯笑一笑，他說其實他喜歡的畫家是其他的，他並翻了高更、莫迪尼安尼、貝克特等人的畫冊給我瞧。

翻了一陣書，我突然覺得想笑，自己跟一個陌生人在哪裡瞎聊著藝術，眞是什麼都有可能的紐約。尼古拉斯要我把Nina這個名字在他的筆記本上寫成中文，於是我緩緩地寫上了「妮娜」二字。看得尼古拉斯嘖嘖稱奇，他說Nina筆畫那麼少，中文寫起來卻很像在畫一種看不懂出口入口的線條。

我覺得他形容得挺有趣，看不懂出口和入口，他的意思是說不知哪一筆是起點，哪一筆是終點。我進一步解釋，那是翻譯，要是我想寫成「霓訥」或是「鯢魶」等等，也是可以成立的。他看我又寫了一串同音的中文字，更加惶惑了，直說，中文眞偉大。

尼古拉斯還眞天眞，他讓我想起小時候看《國語日報》的四格漫畫，漫畫裡憨憨的光頭小亨利。

一起出了書店，尼古拉斯邀我去吃飯。不遠處的China Fun正閃著霓虹燈，於是我們就走了進去。邊吃邊聊，尼古拉斯說他原本在耶魯大學念的是藝術史，畢業卻發現自己有強烈的表演欲，加上音質很好，想唱歌劇，遂至波士頓大學改念聲樂研究所。

昨天他才從波士頓到紐約，今天到大都會歌劇院試唱，唱完了，晃到書店就碰見我。「書店那麼多人，爲什麼單說是碰見我。」我問。

「但是沒有一個人像你一樣，對我有吸引力啊。」他說。

可見，是有條件的相遇。

和尼克拉斯談旅行、談語言，
聊自己族群的歷史時，
彼此的塗鴉狀態。

NY的加啡館餐巾紙，
最被常我拿來塗鴉。

CHINESE
USA
SPANISH
WASP
ITALIAN
IRISH
St. Louis

W.A.S.P. = WHITE ANGLO SAXON PROTESTANT

I am too mysterious

EVE = EVIL SOUL
Happy Merry Christmas
Nick
Nina

E
S

400 – 900 A.D.
ANGLES + SAXON
GERMAN
1500 A.D.
MARTIN LUTHER
PROTESTANT
FRANCE
ENGLAND
1000 AD
(NORMANS)

1620
W.A.S.P.
COLONIZE
AMERICA
SPAIN
CATHOLIC
POPE
ITALY
VATICAN / ROME
CHRISTIAN
EMPIRE

GEORGE WASHINGTON
BEN FRANKLIN
JUNIOR HIGH SCHOOL
JAMES MADISON

邂逅這檔事，追究起原因，總是動了念在先。

2月21日　大雪封街

暴風雪日，雪吸了大量的聲音似的，街上安靜如鬼城。

市長宣布非公務車不得進入市區，廣播不斷地插入新聞，呼籲民眾沒事請留在家裡，以策安全。結果愈是呼籲，紐約客愈是一個個往外跑。

在這些人群裡有兩個小黑點是我和南施，我們都不想在七十年一次的大風雪歷史之外。

南施問我，一個星期不讓紐約客出門的話，不知道會怎麼樣？

會大暴動的。我說。

在屋內喝咖啡，望著摩天大樓下切割成線條如絕壁險谷的空間，白茫茫的吹雪，映著紐約客特愛的黑色衣影。

天地無界，人種無分；那一刻，我再度有一種邊緣行走的悵然，慣常的失憶狀態，自願失憶的鄉愁；慣常的移位狀態……，交織成此刻面目模糊的我。

3月2日　酷寒

「Miss! Miss! I can read you.」（小姐，小姐，我可以讀你。）經過街角，一個男子硬是把手上的廣告單子發到我手上，一看是「精神閱讀」單子，也就是類似算命的角色，遞單子給我的當下，不斷地向我咕噥著這句話。

我能讀你，我能讀你，翻譯成中文就是這樣。我倒希望他能「賭」我，賭我的人生還有多少籌碼。

3月11日　乾冷

在中國城的金門超市，竟碰見畫家楊識宏夫婦。完全沒有預警的相遇。

楊識宏夫婦更是驚訝，他們以為我還在《聯合報》跑美術，沒想到我這麼果決，說來就來。

「我在紐約這麼久，還是第一次到金門超市，因為朋友說，我今年四十九歲要吃豬腳麵線，所以才來這裡買麵線。」楊識宏說著，晃著手提袋。

眞巧眞巧，我們都這麼說著，然後彼此留下電話號碼。

他們來紐約二十多載，原鄉的四十九歲吃麵線的習俗卻未曾拋卻。

3月25日　可以忍受的冷十度C

楊識宏打電話來，盛邀到他家坐坐。想想，也好，還沒看過他的畫室呢。

循著住址，到了他位在蘇活區的畫室，簡直讓人欽羨的好。頂樓，天光，寬敞。

不一會兒，他的朋友邱剛健來訪。邱剛健是寫電影劇本的，他談起有一部電影叫《阿嬰》，王祖賢演的，我想起來，還提到當時有個同學一畢業就在那邊做了一陣事呢。說起同學的名字，沒想到邱剛健還記得，因為這一層關係，和他感覺稍稍熟悉些。可能因此吧，精通《易經》的他，興起幫我們卜卦。

用了三個銅板，丟了幾次，邱剛健排出卦象是「渙」卦。他說卜卦容易解卦難。渙卦是大吉，渙其群而渙其丘，匪夷所思。

以白話文來說就是，你把周遭的人都渙散掉了，還能出現幾個丘陵出來，所以簡直到了匪夷所思的地步。也就是先苦後甘，且結果已經超出了想像的地步，他說「渙其群」也有個意思是可能近來會渙散掉很多的錢，但也是指好的事，最後會出現匪夷所思的結果，會碰見生命中的夷主。

夷主？楊識宏說，那是不是說會遇到外國人。

不一定，夷，倒不一定是指外國人。邱剛健說。

夷，亦讓我有一種番邦之感。我想有渙才有聚，所以才會渙其群，還能渙其丘吧。《易經》解，當散則散，當聚則聚。

看我卜得有趣，楊識宏夫婦也雙雙卜了一卦。好玩的是，楊識宏卜的是蠱卦，還外加兩個歸妹。邱剛健看了笑說這個卦和情色有關，楊太太聽了，臉色微微起了變化。楊太太卜的卦是未濟，意思是說心願未能完成，邱剛健的解釋更好玩，他說，未濟就是狐狸渡河，尾巴卻還擱在水裡。

回程心想，對我而言，人生是未濟的；因為未濟，所以才乘願再來。

4月2日

天氣仍離春天很遠的感覺。

遲睡，醒遲。去畫室途中，照例去摩洛哥人阿里的小販攤上買杯咖啡和甜甜圈。

他指著錶說，你今天比較晚喔。我點頭笑一笑，接過咖啡，說我睡過頭了。阿里聽了卻回說，你不僅睡過頭，還哭腫了眼。

阿里今天旁邊多了一個朋友，兩個高個的男人把一個小小的攤位內裡擠得滿滿的。他的朋友看起來就是一副愛現的痞子樣。「阿里阿多。」他說。「笨蛋，她不是日本人啦，日本人有她這麼俏麗嗎，她是台灣人。」阿里回嘴說道。

我感到一種平凡對話的生活快樂。

4月3日

CoCo打電話來，談到男人，她說她想要選擇加拿大人肯尼，而不要選擇義裔的紐約客歐瑞里羅。歐瑞里羅太沒安全感了，用英文我可感化不了這浪子。CoCo說。

你呢?·CoCo問。我快要有滅頂的感覺了。我說。

拜託，滅頂，少來文化人這套，就說你不爽不就好了，CoCo說時還加重了「不爽」的重音，聽得我大笑，我一向喜歡她解決問題的捷快速度。

4月7日　雨，溼冷

週日，冬雨，完全是台北寒流兼雨的家鄉氣候，冷溼。

想睡覺，出去透透氣，往往是我避免沉墜不醒的方式。打電話約朋友出來晃晃。

十二點多的蘇活區春天街，竟是不尋常的冷冷清清。

獨自站在春天街等朋友，等了好半天，也沒人影。

走到畫具店Peral Paint才看到門口貼著條子寫「Easter Closed」，復活節關門。

晃到中國城，心想那就買些食物回家煮吧。中國城是唯一還有人氣味的，中國人才不管什麼復活不復活，開門做生意，就是他們保持活著的方式。

經過一些賣錶的攤販，牆上的時鐘突然噹噹噹地動了鐘擺，下意識摸摸手腕，空空然。想到手錶掉了一陣子，於是停下步履。

用英文和講廣東話的小販殺價，一只卡地亞贗錶十五美元，最後以十美元成交。請小販幫我調時間，咦，怎麼過這麼快。他說，今天開始調快一小時，日光節約時間了。

突然被偷走了一個小時。怪不得左等右等，沒等到朋友，搞不好他以爲我放他鴿子。回家答錄機的燈一閃一閃的，一通是朋友打來的，果然說沒等到我，等到他混到別區了，才想起可能是我忘了要調快時間，但他因走得有些遠了，也懶得回頭找我。

另一通是尼古拉斯，他說Happy Easter，復活節快樂。晚上十二點多，尼古拉斯又打了電話來，說前晚他和他母親去教堂，像小時候受洗一般，他被聖水淋得一身溼，說到溼時，他笑了一下。然後說起不久後他要到邁阿密表演，想到自己的生活就像是馬戲團一樣，講到馬戲團時，他媽媽要用電話。於是我們互相說，Keep Warm, Sleep Well.

我記得前次他打電話來，曾講到一個令我印象深刻的話。他說他講電話時，常令他覺得悲傷。因爲他以前和他女友的關係都是因爲講電話而受損的。我聽不懂，續問他，爲何會因爲講電話而受損呢？

尼古拉斯說，因爲通電話並不眞實，而他們需要的是眞實的面對面，眞實的碰觸。但是他四處的遊唱生活，並不能提供這類的感情眞實。

尼古拉斯說話的腔調就像他唱的中音一樣好聽，富磁性，但卻總讓我感到荒涼無邊。

4月12日

打電話給在加州的一個女性朋友。

她很驚訝地說，怎麼不知道你在紐約。我說好久了，今天翻到電話簿才想到一直忘了告訴你。「前幾天我才在《世界日報》看到你的名字呢。」她說。怎麼可能？我惑問。眞的啊，難道鍾文音三個字另有他人不成。

還寫東西嗎？她問。寫一點點，紐約快要讓我失去敘述的能力了，每天只是沉默地存在著，倒是畫了不少畫。我說。

台北那麼亂的地方可以創作嗎？朋友問。

可以啊，那是我的根啊。我說。

根，你到紐約還想你的根就完了。她說得倒是令我聽了怔忡著。

然後她說她要結婚了，嫁到夏威夷。叨叨說起認識的經過，在飛機上，兩人坐一起，東扯西扯，扯上了姻緣路。

談到東西方感情，我說我搞不懂外國人的心，見面三分鐘就可以說他喜歡上你。朋友說，他們說喜歡很容易，別相信，說愛就比較難，尤其是那種三十幾歲還沒結婚的，對relationship（兩性關係）比較害怕，受過傷的就更怕說出「愛」了，說了怕女人纏上他。

感情專家啊。我笑。朋友倒說，她才不懂中國男孩和女孩在想什麼，「我記得有一首歌，歌詞有那麼一句大約是說我好想牽你的手但又不敢，前面的歌詞卻說了一大堆的什麼愛啊之類的，拜託，連手都沒牽過，有資格說愛嗎？」

可見觸摸不到的愛，讓所有的女人都沒有安全感。

5月6日　陰

小學死黨冠分一早打了國際電話來，劈頭就說她要結婚了。我懶洋洋地賴在床上，眼睛瞪著天花板，心想又來了，又來了一個跟我說她要結婚了的女人。

冠分說，她最大的遺憾是我不能參加她的婚禮。我嘴裡說是啊，心裡卻是慶幸著還好我人在紐約，沒有人可以逼迫我做任何事，可以不參加任何深交淺交不一的婚禮。

我離開台北，我之前住過的金華街那棟陳腐公寓的女子竟都相繼結婚了，我以為不結婚的冠分也在此時向我宣布喜訊。好似我在台北礙著她們了，我不在的當下，我離開那棟公寓時，她們全回歸婚姻的軌道。怪哉！

也許，某一年我也會在人生裡打個結吧，但我又隱隱覺得自己不會走上這條路。「但」這個字，是因為我對於自己的人生還有所保留，對我現在而言，除了知道心中永遠有個位置給台北的你外，其餘世俗的都是不可知的變數。

而台北的你，也已漸行漸遠。除了心中留位置外，遙遠異鄉，我還能做什麼呢？

5月14日　晴，有薄陽打進窗口上

我今天很好，不知道你過得好不好？

聽〈流浪者之歌〉，打開窗簾，煮煮義大利麵，懷舊從緩慢舒緩的指尖悄悄滑逝而去。

中午，才想起和怡約好去MOMA，紐約現代美術館看「新電影，新導演」系列的影片。希臘和斯里蘭卡兩地合作的電影，接近紀錄片的形式和風格，女性導演，我一看就有興趣。片名叫：《當母親回家過耶誕時》（When Mother Comes for Christmas）。

電影一開始就是幾個等待到希臘有錢人家當管家打掃女工之類的斯里蘭卡女生，齊聚在類似職前訓練中心。一個男人教著她們「保險套」、「洗衣機」、「吸塵器」之類的英文說法。全片鋪成一種有趣又惘然的氣氛，高潮是賺夠了錢返回斯里蘭卡的母親身上，當她回到家，許多的人事卻已不若往日了。

影片鄉鎮的敘述氣味完全是人類學家李維史陀的人道關懷，而母親卻是世界各地相同的亙古心情。

5月　（忘了填日期）

一個在台灣過去同是媒體藝文記者的朋友來紐約，順道來訪我。

他請我吃飯，感到台北的媒體離我甚爲遙遠，一切都在一種緬懷的狀態。

東聊西扯的，朋友突然說起當他的女朋友比他的老婆還幸福，因爲他對女朋友比對老婆好。聽得我一愣一愣的，不知話語意義何在。

朋友不知道，幸不幸福不是由他來看的，作爲無望的第三者伴侶，若沒有夠分量的愛情去支撐，以及夠清明的心去了然客觀局勢的孤獨，怎會有幸福感可言？幸福若只依賴片刻男人的探望和懷抱示好，又能幸福多久？多久幻滅才不會來扣心房？

我想起了南施，一個無望的第三者。

5月16日

去街上的小百貨店買了一管長形燈，燈被叫成「留學生之燈」。因爲一管美金二十九點九九元，物美價廉，幾乎留學生人人一管。我是想了好久，才決定買，倒不是因爲錢的問題，而是，到底我要在紐約停多久的問題。

燈買回來，卻一閃一閃的，彷彿預告了生活的多變。

5月17日

朋友打電話來說，她已經三天三夜沒睡覺了，沒吃東西了。聽得我駭然著。

今晚再不睡就糟了，感覺整個人在崩潰。她說。接著續問我，崩潰後是什麼狀態？解體吧。我答。

對於她的狀態我感到不寒而慄，我即便在最慘的時候，也沒有過三天三夜不吃不睡。

《易經》，卜卦，很容易就走上了這條算命路。她說她也在卜卦，卜和同一個男人的關係，事隔七個月，沒想到還是卜到同一個卦：小過。

小過，密雲不雨。我說，她是白費心機，徒勞無功。

愛的力量竟讓我感到世事如糞土。末了她說。

然後她卜以後的感情路，得到的是「無妄」。無妄，應是要她靜觀其變，勿輕舉妄動吧。我說。

《易經》不是命運，《易經》其實只是做人的道理。我們都同意這種說法。

朋友走出了吃什麼都會吐出來的第一個震撼階段，現在她進入了感慨喟歎的第二階段，我說，希望她第三階段能夠邁向平靜之路，像她的畫般，在濃濃的厚塗重抹裡，微微流瀉著希望之光。

5月18日　涼風有雨

攜了一隻驚訝過度在籠內來回不安地竄動的貓仔。身旁有三個塑膠袋，是僅有的家當。等在二十三街第六大道路口，怡從十字路口走向我來，她說，剛剛看到我，好像個流浪女，長長蓬鬆的頭髮，穿著二手市場買來的粗呢大衣，頭戴著蘇格蘭帽，旁邊傍著幾口箱子，腳旁一隻嗚嗚叫的貓，還眞像呢。

這隻貓，抓過九隻老鼠，可一點都沒有流浪的氣息呢。

離開曼哈頓前，回望了曾住過大半載的房間，被我搬得空空然，無法想像時間滑過的聲聲色色。唯一的記憶是在此認識了尼古拉斯，在那個斑駁的書桌前，寫了無數的信和相思給台北的你，看了幾場白白的雪簌簌地下著。

把貓咪送到怡的家後，逗留了一晌，我和貓咪看起來心情都在舒緩的狀態。出了怡的家，街燈映著一片水光，約是先前下了一陣雨。

五分鐘後，我到了離怡家新港（Newport）不遠處的香菸工廠工作室，空盪的樓，像是得了一種永遠也不好的病毒般的牆面，有一種病容，懨懨的。

5月21日

「You've no right.」你沒有權利這樣做。朋友簡單地把住在這棟香菸工廠的一句訣傳授給我，以對付任何想要妄闖欲圖檢查的鼠輩人等。

她再三叮嚀，只要這棟樓的經理羅浮想要進你的畫室看一看，你只要說這句話，他就不敢妄闖了。

然後朋友便赴德國。我暫住她的工作室，等她回來，隔壁的工作室剛好我就可以進駐了。

6月2日

白天裡，和南施去了法拉盛針灸。起初是爲了陪她去，後來在她慫恿下，也試試。南施說，要是針灸能換來美麗和好心情，她願意花上幾百幾千的美金。

針灸的地方，是棟小小的公寓。一個大陸老先生看診，他在我的手掌心各插兩支針，我的掌心大量滲出水氣來。「你看你的體內溼氣有多重啊。」老先生說。溼氣，故里島國如影隨形的生命紀念品。

南施主要是來治氣悶，長期以來她當第三者的痛苦，讓她心悸。我把她寫進了小說某些章節裡，一個第三者的成長故事，小說初稿已完成，還沒有想到書名。

等南施的空檔，無聊地翻著雜誌，旁邊有許多也來針灸的西方人，他們的話語傳進了耳膜，我發現大部分的人都是來治療鬱悶煩躁和頭痛的。

大都會世紀末病症。

穿梭在法拉盛的街頭，感覺像是台灣，黃黃的面孔和你錯身而過，還可以吃到肉圓和蛋塔、玉米麵包。

6月9日　有點陽光

昨夜香菸工廠畫廊辦開幕酒會，隔夜的酒氣和食物的餿味還在走廊裡溢著歡樂後的悵惘。

這棟樓，現下安靜無聲，幾隻貓在樓梯轉彎的缺口，用著爪子撥這翻那的，想要找到一丁點食物。望下天井處，幾件殘敗毀容的雕塑四處擱置著，那約是主人遺棄的吧，有些藝術家會以摧毀自己的作品來注入新的能量。

舊日的煙囪管比樓層還高，好像頂天立地的巨人。有時候會兀自幻想，如果從煙囪管探出個耶誕老公公，丟下一只裝滿希望的鈔票袋，日子鐵定會美麗得宛如鑲上金框般灼人。

然而在屋頂呆坐了半晌，什麼也沒有，只有風在煙囪管四周游移，把我的長髮勾勒出一種天使之翼的表情。不遠處，住四樓的西班牙女子躺在屋頂上，晒著薄薄的太陽，一副天塌下來，能奈她何的神態，眞令人打自心底歡喜！

6月11日

這幾天到艾瑞克的工作室洗澡，深深感覺這種寄人籬下的洗澡生涯，滋味萬千。

由於工作室是禁止住宿的，所以有裝洗澡間的人就成了沒有洗澡間的人的「借澡處」。借可不是隨便借的，沒有交情，沒有互惠，免談。

洗澡間通常只是一個窄到只容一人的空間，洗完澡，換衣服時，就只好先披了浴巾，再到澡間外換。氤氳間，水聲嘩啦，窸窣穿衣聲，香皀氣味……，總是惹人遐思。據說很多人都是洗澡洗出一段情的。

「而艾瑞克和我，什麼也沒有。」我說。朋友追問：「他這麼容易就放過你啊！水費、電費……他不算啊。」

「是不算啊，不過我常煮中國菜請他吃。」我說。

「那感情呢？孤男寡女的，借洗澡間，聽起來還眞像肥皀劇劇情。」

「他上晚上的班，給我鑰匙，整個房間就剩我啦……」我說。

末了，一番解釋，朋友還是不相信的模樣。

她的不相信，讓我有一種深沉的挫敗感。

6月12日

今天認識兩個新朋友。下午有人來敲門，打開一看，兩個高大的西方人站在門口。他們好像也愣了一晌，我說住這間的主人薇去了德國，我暫住她的工作室。

其中較胖的是法蘭克，較瘦的是艾文。法蘭克指指艾文說，他剛剛在洗刷地板，可能有大量的灰塵從你的天花板飄下來了，因此我們過來看看有沒有影響到你。

我壓根兒不知道有這麼一回事，就讓他們進來看看。果然是黑黑的一團灰鋪在地上，於是他們便拿起掃帚掃著，還問我晚餐要不要一起吃。

好啊，我說，正感無聊。

吃晚飯時，法蘭克突然開玩笑地說，和我結婚怎麼樣？

除非為了綠卡。我也開玩笑地答。

怎麼看，這兩個人也不會是我「生命中的真主」。

6月15日

香菸工廠的頂樓是看曼哈頓夜景的最佳之地，地勢高且空曠，蒼涼又華麗。

夜霧遮去了城市的天際線，曼哈頓彷若睡著了，卸下了作爲世界都心的驕傲。突然想起在紐約的好友怡，七〇年代以後出生的X世代，年輕的身體內有一顆蒼老的心，一個有雌性身體卻沒有雌性語言的朋友。我常常想寫她，想記錄她；我發現隨手拈來的文字往往是最感人的，最不僞裝的。

過往和怡常常聊起電影，而我已許久未看電影了。當朋友每每說，哪一部電影一定一定要去看時，我總是聽得懶洋洋的，一副世界與我無關的樣子。

怪不得怡說，有時候我給人家冷冷的感覺，尤其是碰到我看不順眼的人。我聽了頗爲驚訝，一直以爲自己是屬於有熱度的人，然在朋友眼裡，卻是一個冷調的人。

6月16日　悶

天空佈下悶溼的氣息，沒有涼風吹進來的工作室，令人煩悶，松脂油和化學顏料的氣味揮灑在我的鼻息四周。

顏料的鈷紅沾滿我的手上，沿著智慧紋緩緩流淌，像是割腕自殺似的，驚怖之姿。

正式搬進自己的工作室，想要怎麼用就怎麼用，我對空間一點都沒有潔癖，我甚至喜歡有些雜亂。之前暫住朋友薇之處，天天提心吊膽著，朋友是那種井然的人，物品都是有序的。誰知道，就在我住她工作室的某一天，新澤西市突然打了大雷，雷還把香菸工廠的電話線給劈壞了。所以薇的電話答錄機也就斷了音訊。隔日薇打電話來，我正巧外出，她發現她的答錄機錄音竟被洗掉，不悅地在電話裡質問我爲何竄改她的答錄機錄音。
每每想及此，就感到頭皮發麻。
像現在住在自己的工作室裡，隨我高興擺設，隨我漆上顏色，感覺日子從貧瘠裡開出了一朵微笑的小花。

6月18日

怡說，她去接來紐約玩的姊姊，姊姊嚇壞了，直說，你怎麼變成這樣。我在電話裡笑著，怡的姊姊在德國留學念音樂主修鋼琴，姊妹倆許久沒見，準不能接受變得很紐約另類穿著的怡。
然後怡說起她陪姊姊去帝國大廈的頂樓看紐約市，搭電梯時，她感覺自己快要窒息而死。她現在對於身處封閉的擁擠空間會突然有心悸之感，像是得了一種怪異的病般，會突然喘不過氣來。有一次她還在地鐵裡很失態地蹲在地上，表情痛苦著，周遭沒有一個人理她，「我不知道要如何描述，就好像要走向另一個世界似的，它叫你低頭，你卻又不想死，眞切地感受到死的那一刻。」
我聽了，也感到一陣難受。
紐約令人愛，也令人狂迷。

6月21日

紐約，一個轉角就是一頁光華，漫漫月陽照在此城百年。
窗外的貨車晃動著塵埃，撒向我住的香菸工廠，晚風吹起，異鄉人特別能夠聞悉到下墜的荒涼感。

這棟過去是香菸工廠的工作室也有百年身了，但卻是腐朽而斑駁。藝術家住的工作室，說來是好聽。說穿了，這棟樓多得是邊陲的人，編織藝術夢的失意者。鴿影停歇在紅磚的亭子上，我看到搞攝影的波蘭朋友走過，手裡牽著他的愛犬漢娜。（我永遠記不得他的名字，但卻始終記得狗漢娜的名字。）

波蘭朋友眞正賺錢的工作是靠在曼哈頓當送函者（Messanger），也就是我們的快遞先生。他說他的客戶常抱怨他送慢了，原因是他常在騎腳踏車送件途中時，邊觀望街景，看到値得拍的會停下來。他從來沒有忘記他的攝影夢；他拍一系列有關「出口」（Exit）的黑白影像，讓我看了難忘。在台灣他可能早出名了，在紐約，他卻只能當個送函者，等待機緣之神的欽點。

在紐約，你可以看到許多騎著腳踏車的送函者，以及餐館的外賣郎。都是來自邊緣國度，南美人、中國大陸人、印度人等最多。不過他們在車水馬龍的街頭常常是身手矯捷，有時咻地一聲，竟硬是穿過儷人行的空隙，宛若街頭表演。而路上的聯邦快遞貨車的司機，就在他們的四周來去，爲這個繁忙的城市送著貨。不論是送函者或是聯邦快遞，皆是城市經濟和消息運輸的一部分呢。

記起有次和南施在下雪的街頭玩著，看到掃街的南美人在互相拍照取景。當時我向南施說，這些人離鄉背井來到這裡，當然是要拍些照片好寄回家裡。南施笑說，他們的家人看到他們在雪中的快樂照片，還以爲他們放假去玩雪呢，哪裡想到他們其實只是在做著掃雪的工作。

6月24日

假日，搭艾瑞克的便車，去了龐森諾伯書店喝咖啡，看書。

艾瑞克買了一份《紐約時報》週日版，消磨他的週日時光。紐約平均一個星期至少有四千噸的新聞用紙被拿來印刷成《紐約時報》週日版，報紙看起來厚厚一疊，簡直比書還厚。

我望著艾瑞克的報紙，突然想到紐約的一些驚人數字。好比紐約的感恩節要吃掉上萬隻以上的火雞，一天要撥掉近五百萬通的電話，可以想像的是在電訊上飄盪的各國母語，恐怕外星人降落此區會先被嚇死。

自外地湧進紐約市的人次據說超過上千萬之譜，不知是眞是假；紐約每年可以吃掉上億個貝果Bagels，吃貝果時想到這個數字就會感到舌尖一陣發麻。

而我現在坐的這個地方，百年前，不過是一位歐洲人用了一串琉璃珠向印第安人換了一座狩獵場。以一換一，琉璃珠換狩獵場，如今狩獵場幻化成紐約最華麗的百老匯大道，身世卻是如此蒼涼。

如今我自己也成了紐約的數字之一，但是多一個我和少一個我，紐約還是紐約。

6月26日

和尼古拉斯同遊哈林區（Harlam）。

很多人警告哈林區是不可擅闖的，但錯過它，鐵定令人遺憾。

有歌劇家帕華洛帝身材的尼古拉斯相陪，遊走哈林區，感到安全多了。

從哥倫布廣場乘坐ABD的任何一列快車，搭至一百二十五街，其中有長達三哩左右的路程完全過站不停，地洞的搖晃感覺，加上列車內的燈管一閃一閃地幽映著臉，內心很是澎湃。有人甚至稱這段地鐵旅程爲「二〇〇一年太空漫遊的地底版本」。

哈林區，很蕭條，許多的房子窗戶破敗著，野貓在垃圾桶裡鑽著，有的黑人在露天燒東西煨暖。眼光很自然地飄向我和尼古拉斯，一個瘦小的東方女子和一個西方彪形壯漢。

還有許多的西班牙裔人，年輕女孩塗著蔻丹，耳洞打了成串，邊吃著熱狗，邊嬉鬧著，談男生。

哈林區瀰漫著一種奇怪的不安感，不知是我心理作祟，還是事實使然。然而我覺得哈林區還沒有入夜的中國城可怕，因爲哈林區是一種可以預期的驚恐，來來回回徹夜響的警鳴和火警聲，一再地提醒人的生命安危，而黑人入夜焚燒的火光也是如實地存在著。

但是，在入了夜的中國城裡走著，你卻會有一種不知何時會蒙頭罩下驚懼情節發生之感。

6月27日

和艾瑞克約好在林肯中心附近的新力電影廣場看吉娜戴薇斯主演的《The Long Kiss Goodnight》（台灣譯成：奪命總動員）。

一路，下著傾盆大雨。

竟然還比艾瑞克先到。身體一直發冷，買杯咖啡喝，喝完了，艾瑞克才出現，也是一身溼。兩人看著大笑。他說，大雨中他根本攔不到計程車，好不容易攔到了一輛，卻被一個人從後面搶先一步上車，他馬上拉著車門不放，大聲說著要告這個人，這個人才訕訕地下車。

艾瑞克說起「告」時，用了英文字Sue。紐約人沒事就告來告去，這個字很常入耳。有次我在街上聽見一個華人向一個西方人惡狠狠地說，我會告你，你看著好了。那個西方人，聽了快跑。我見了那一幕，很想笑。我聽慣了華人的英文口音，我知道那個華人說的是Sue這個字，但是老外卻聽成了Shoot射殺，難怪他嚇跑了。

7月2日

香菸工廠有個好朋友凱特養了好多貓，他是同志，他的情人本來和他一起住在我們這棟樓，最近他嫌這棟樓灰塵愈來愈多，多到他快窒息。我們都一致認為只是他的潔癖使然，或者想逃離凱特的藉口，然後好搬出這棟樓。

搬家那天，凱特和他的情人擺不平如何認養兩人的貓，結果竟用猜拳方式，贏的先挑；凱特贏，他說挑選的時候，他望著每一隻貓，每一隻都想要，心都碎了。凱特的心比女人還脆弱。

7月5日

穿過聖馬可廣場，來到任務咖啡屋（Mission Cafe，咖啡八十五分錢，空間小而有藝術氣息，是我最喜愛的一家沒沒無名的咖啡館。

坐定，才啜了一口咖啡，一個手裡夾著書的男子，突然問我，可以坐到我對面嗎？我點頭，反正屋內也滿擠的。

男子說他名叫愛文道格拉斯，是哥大建築系的。他問我，我說我也是學生，不過是老學生了。他還以為我開玩笑，紐約人聊天，不一定要談眞的。你可以搭計程車和司機瞎掰，計程車司機說他是攝影師，你就說你自己是搞劇場的，沒有人會大驚小怪。

「可惜我要去上課了，不然我們可以多聊一點。」二十分鐘後，道格拉斯看看錶說，抄了電話給我。

來「任務咖啡屋」完成的任務就是遇到個陌生人，然後什麼事也沒發生，盡看人世千帆在恒河裡遊蕩來去，而邂逅的語言像泡沫。

8月26日

只要Banana Republic香蕉共和國有打折的衣服，南施一定會打電話告訴我。打折區是最容易辨認的，大凡在角落裡攢密地堆著衣裳，微綴的挨擠著，布料上有許多人翻攪的手痕，這一定是打折的聲色之一。

南施說，你不是看中那件寶藍帶湛、珍珠織面手工縫製的背心嗎？已經跌到谷底了。下完課，走到林肯中心對面的那一家晃，發現一直想要的那件還有，不過沒有x-small了。悵然地走出門外，黑人警衛朝我笑了笑，他大約是看出好些次我來總是空手進空手出。悵悵地踢著雪塊，眼前揚起了紛飛的白，不死心地望了一眼櫥窗，一件寶藍的湛影晃過，不正是那件嗎。忙拐進櫃台，指著它問店員可否幫我瞧瞧是幾號的尺寸。一問正是，忙要店員拿下來。

店員卻說櫥窗的展示要兩週後才能換。兩週，太久了吧。大概看我反覆地摸著那件背心的衣角，店員於是跑去問了店長，店長走過來覷覷我，又看看店員，遂向我眨眨眼，向店員揮揮手，然後只見兩個共和國的男生奉命爬進櫥窗，從模特兒身上扒下那件背心，模特兒一時光溜溜地杵在寒冬裡。

嘿，原價一百九十八美元，變成九點九九美元；難怪南施說，你去逛嘛，準值得的。印度製的，穿著這件背心，總會讓我的意識不禁掉入印度婦人低頭編織亮片，縫縫製製的熱帶氣息。香蕉共和國的可愛就在於它最後大手筆的銷售傳奇。

(上)每天從七十二街住處

必經的中央公園Park Ave。

(下)大風雪日和Nancy在七十二街遊蕩玩耍。

9月5日

香菸工廠的朋友諾門說他的女友瘋了，不准他和任何一個女人講話。結果昨天我在超市遇到諾門，兩人採購完便一起走回香菸工廠。

在工作室的大門又嘰哩咕嚕地扯了些話，諾門的女友恰好回來，望見了我們。當天晚上，我聽見樓上有物件撞地的聲音，在走道的天花板上翻騰喧肆。隔日諾門說，他的東西全被女友給丟到門口了。

9月12日　書寫Bestey Johnson

夏季過後，所有的物件都在蠢蠢欲動著換上另一個身價。

搔癢著我和南施的心。

南施問我要不要去貝蒂絲強生Bestey Johnson的店逛逛，昨天她經過的時候，寫著Big Sale，可惜店員正意態闌珊地拉上鐵門。但她禁不住思念掛在窗口的一件蔥綠綴點著紫花的洋裝，所以她要我夥同去逛逛。

我們到的時候，離貝蒂絲開門還有三十分鐘，而幾個女生已徘徊在哥倫比亞大道和七十二街的強生店，女孩們像望著情敵似地彼此對望一眼。我和南施望見此情形，會心對笑。於是我們先行晃到了對面的新世界咖啡店，喝杯咖啡等著。週日睡遲的人漸漸在路上露臉，定時出現的韓國婦人，開始在大街上張羅擺置著她的攤位，花花草草的絲巾，在攤位上寫著普羅階級的美麗風情。

等待貝蒂絲，感到有一種幸福的熱切感，緩緩溫著心。貝蒂絲被服裝界稱爲「黑夜的精靈」，而我和南施是那貓頭鷹，在黑夜裡清醒著。隔街望向貝蒂絲的店面，桃紅色的霓虹燈一夜未熄，塑膠模特兒卻比疲憊的我們看起來還要接近人體的眞實，牆上繪著豹紋，和少女天眞風格的漫畫。貝蒂絲大大的黑白照片就掛在每一件服裝上，把自己當成衣服的吊牌，下面寫著價錢，看起來好像是她在媚媚閃著睫毛販售自己似的。

十點，晃著一大串鑰匙的幾個女店員姍姍來了，她們身上穿的自是貝蒂絲的衣服，紅紫色髮絲在風中吹皺著年華，一種潛藏於世界的騷動聲，頓然從四面八方泅泳而來。

敏銳地把手探向一件四號衣裳，一隻蒼老的手，也同時摳緊在那塊花布上，我擺頭瞧見她急切的眼神，於是鬆了手，讓給了她。老婦抓緊那件衣裳後，又繞到別的架子上，拿下好多件的性感花衣，多皺的手襯著花衣，恍是歲月哐噹打碎了一地。

遲暮美人的華麗瞬間，令我不忍卒睹。

我和南施有看到中意的，不過都沒了我們的尺碼。但我們時間比老婦多，何況又可藉著找衣服和喝咖啡，來認識紐約。

好比七十二街的貝蒂絲強生沒貨了，那就穿過中央公園到麥迪遜大道的1060號吧。再沒有，就去蘇活區的湯普生街吧，不嫌累的話，還可以走到稍微偏遠、毗鄰皇后橋的東六十街。

逛過四個銷售點，南施說算是終結了她這一季對貝蒂絲降價搶貨和櫥窗巡禮，我說，是啊，當打折打到谷底時還能發現有自己的尺碼時，那種快樂是一種狂飆之感，雖然狂飆之後是巨大的空洞。

但卻讓我此時渾身感到一種單純的物種狀態，好似自己是一種華麗的長毛絨玩具。

有那麼一陣子，無聊時，我和南施沒事就去逛這個服裝設計師的店。

喜愛她的人，肯定帶有六〇年代的靈魂；而且應該也會是那種喜愛導演賈木許的人等吧。有時候逛的當下片刻，很奇怪的是，賈木許的電影畫面和他的酷模樣會跑進我的腦海裡。

賈木許的人生觀是輕蔑體制的，他曾說：「人生苦短，怎麼可以再拿好萊塢那一套標榜中產階級、純淨理想化、忠誠信徒與資本主義者的調調來自欺欺人。」他電影裡的人，從洛杉磯到紐約，從巴黎、羅馬到赫爾辛基；從黑幕升起到接近破曉，不同時刻，不同地點，不同語言，賈木許都讓我感到一種流浪放逐的濃濃風味，他讓我對框架和體制沒有幻想，他讓我對人生有一種冷冽的喜憂參半，對人生短暫的邂逅，不迎不拒，寬容以之。

而貝蒂絲亦然，她的設計感沒有中產雅痞式的故作風雅，對身體有信心，沒有遮遮掩掩的線條。她的衣服讓你既是自己的主人，又是世界的邊陲；她的衣服讓你的身體有了時空感，行遍天涯海角，都能吸收一種凝視。

唯一的缺點是太彰顯了，不免讓穿她衣服的人陷入一種張惶，感到一個有空間的身體，卻負載著一顆龐大而荒涼的心。

寫到這裡，突然想起某一回，拎著貝蒂絲強生的玫瑰色紙袋走在中央公園。一個穿著直排輪鞋的男子，頭髮有些灰白，酷酷地一路跟著我的腳程滑近，猛地煞住，兜轉，橫阻在我面前。「嗨，貝蒂絲強生。」他說。我對他笑了笑，男子竟然長得神似賈木許，有詩癮的氣質。

我手裡只不過是提了個紙袋，卻讓我感到像是牽了一條醒目的大麥町犬。

這就是貝蒂絲強生的強化效果。

如果你對自己的身體沒有信心的話，她會讓你不敢穿她的衣服。就好像那位讓我久久難忘的老婦人，她無懼於滿屋子的年輕女孩望向她的眼神，她反而非常挑釁我們的價值觀，她讓我上了一課。

（註：九八年回紐約，再逛至強生店位在湯普生街的店已關了，搬去隔幾條街的蘇活區，且還是家旗艦店。說來強生也不免從俗，開始向體制靠攏了，一如我的台北生活。）

9月21日

今天和Sonomi及琴妮下課走在一起，畫面像是中日韓三朵姊妹花。

而我們都各自帶著濃濃的家鄉口音，說著英語，很多路人望向我們，因爲乍看我們像是來自同一個國度，然其實卻只能用英語交談，而且街上吵，常常沒聽清楚，又大聲地問著話。

中日韓剛好是三種性格，我個性冷中帶野，Sonomi則是個有禮貌的女孩，每天到畫室一定笑著向大家說早安，琴妮則比較熱心，話較多。

10月2日

今天在香菸工廠外頭閒坐著，看落日掉在哈得遜河上時，薇的朋友（我又忘了他的名字）恰好經過，聊了一會兒。他說當他初從維吉尼亞州的鄉下來到香菸工廠時，看到哈得遜河竟高興地往下縱躍，以爲可以游到曼哈頓對岸。結果差點溺死，很多人以爲是一個想不開的年輕藝術家想要自殺呢，不僅出動了直升機，還因此上了《紐約時報》。

聽了我大笑，沒見過這麼天眞的男孩。

想來光燦腐化，令人神思慄聳的曼哈頓，對美國的鄉下男孩也有致命的吸引力呢。

11月19日

一個人跑去看電影《沒有人愛我》（Nobody Love Me）。

眞慘，一個一直想找愛的孤獨女子，一直相信生命有愛的最後機會（Last chance）將會降臨，最後她的日子卻每天和一位同志混在一起，末了連那個同志也將因愛滋而身亡。

在曼哈頓，一個人看這種電影，出了戲院一時頗爲難受。街燈映在路上，前面走著一個顫巍巍的老婦人，她的四周是喧譁的齟齬，看來眼前還有一個人比我的孤寂更深沉。

走到地鐵站，天色已全黑。投了一點五元的代幣，及時趕上待開的列車，卻上了一輛沒有空調的車廂。微微慄慄地蜷在橘紅色的塑膠椅上，車燈忽閃忽滅，眼前流動的人，幾乎是清一色的黑。黑衣，黑臉孔。那黑和地底的黑，相容；使得整個車廂像是座擱淺在黑油裡的巨型渡輪。

傍晚的車廂疲累和睡意交織，偶爾人們會被那輪子和鐵軌高速擦撞所激出的咿呀拐啊的刺耳聲，乍然頓醒一晌，恍然地望了一眼地洞裡幽幽的藍光，那幽藍之光似乎給予了衣衫襤褸的流浪族群，有了那麼一丁點希望之感。

旅客在蘇活區的王子街站下了大半。車廂頓然一空，我望見了白鎢絲燈管的下方，掛著雙黑晶晶的眼，睫下是一張泛著死白的黑臉。不知道他躺在椅子上多久了？旁邊漫漾著一股餿味，一個中國餐館的外賣紙盒外爬著些蠕動的生物。而那黑人的手掌心還抓著個剝開一半的幸運水餃。一種麵粉製成的餅乾水餃，裡面包著籤條卜語。

我悄悄趨前拾起那籤條讀著。

「All You hard work will Soon-pay off.」

餐後附贈的幸運餅乾水餃，隨機的人生幸運籤語，是我喜歡在紐約吃中國餐的原因。

11月21日

離婚官司纏訟兩年的法蘭克，今天宣布說他快要自由了，我們聽了都笑著想，還早哩。法蘭克是雙魚座男子，不過雙魚座的優柔和易傷懷的缺點他都有了。某次他向我說，孩提時代他隨著父母遠離故鄉波多黎各來到紐約，當他第一次逛紐約商場時，望著繁多的超市商品，他竟感動地掉下淚來，發誓要在這裡終老下來。

法蘭克說這些話的時候，我的腦海裡不禁揚起了勞勃迪尼洛在電影《紐約紐約》裡吹薩克斯風的音樂。

（註：九八年，法蘭克終於在電話中告訴我，他在香菸工廠開了離婚派對，然後他要回到他的故鄉波多黎各度假，如果可能，希望可以帶個故鄉的姑娘到紐約來。）

11月23日

和南施穿過蘇活區的石板路，把映在石痕上的斜陽踩得一身碎，鐵鑄建築的線條眞是美麗，夕陽把鐵鑄鑲上一縷縷的鎏金，像是金芭比娃娃的長長髮絲。

間歇的貨車輾過石板路，揚起了一陣風，振動了停靠在窗櫺上的鴿子，一些羽屑飄在冷空氣裡。等看電影之前，和南施先向路邊攤買了個義大利式的圈餅在路邊階梯坐著吃，後頭的MAC和FACE化粧品店不時咿咿啞啞地傳來開門關門的聲音。在天黑前，這些專櫃小姐們都非常努力地促銷著美麗。

吃完圈餅，往Houston街走，一家寫著Tibet西藏的小店，流瀉著嚶嗡的祈福聲，各色鮮豔的祈福旗幟飄散著西藏人流亡的命運氣味，再往前沒幾步路，卻又是幾個龐克，皮衣皮褲的在招搖著身體過街，而唱著饒舌歌謠的黑人也已就緒。

這麼繁多的不同形式本質，在短短的一條街，讓我遍尋。南施說，你看這眞是今夕何夕。我笑著聳聳肩。

我們要去看的電影是溝口健二的《一代好色女》，因爲是看日本片，許多人都把我們當作日本人。那女主角的命運再慘不過了，南施在黑漆漆的戲院裡又是擤鼻涕又是擦眼淚的，弄得窸窸響。我想也許是因爲她聯想到她自己的感情吧。

11月25日

凱文的攝影技術沒話講，但是按照紐約的傳奇角度看來，他的攝影人生夢還很長。所以他的主業是當空中少爺。

反正，香菸工廠的藝術家，只有非常非常少數的人在做著專職的藝術工作，大部分人都是身不由己地兼著大量的差，或者另謀他業，把夢想挪後，或利用空檔爲之。

今天遇到他。他說，他要去看母親和妹妹的母親，我聽得表情一愣。然後凱文說起他自己的母親共嫁了七次，簡直是另一個伊莉莎白泰勒。

12月14日

和南施大老遠跑去三十九街和第一、二大道附近吃四川麻辣火鍋，嘴還眞是思念著中國餐。窗外下雪，屋內熱呼呼的，裡外皆是煙氣騰騰。南施說，下雪讓她感到有一種生命力在釋放。我說，那應該是一種類似童話故事般的生命力吧。

然對我而言，雪，讓我有乍聚乍散的生命意象。

雪融時，就好像聽著歲月之聲嘩嘩流去，而整個人被掏空了精華般，感到一文不值。

南施從窗外回神說，管他的雪，我們還是好好地吃吧。

12月16日

和怡在中央車站搭灰狗巴士同遊Woodstock Pinehill。

Woodstock 曾經是反越戰的烏托邦聖地。

如今嬉皮已老，苟延殘喘著，此地漸成了新世代信仰者New Age的人進駐。

之前和南施去波士頓走走，感到離開紐約，其實日子也不壞。尤其是去波士頓時還特別繞去看了瑞瑗，她和老公過得平靜無華，且開始修起密宗來，她整個人的安靜和過去的不安，完全迥異，判若兩人。

彼時，我們兩人在蘋果樹下聊著，感到歲月一片靜謐安好。

12月27日

好久沒和南施聯絡了，忙著打工外，有時想到打了電話給她，卻都沒人接聽，心頭感到怪怪的。

有次試圖打了別的地方找她，也都沒找到人。

12月29日

尼古拉斯最喜歡和我約在百老匯和八十街附近的一家NICK漢堡店吃漢堡，因爲尼古拉斯的簡稱就叫尼克。這家店的漢堡堪稱是我吃過最有品質可言的漢堡，披薩也不錯。

吃完漢堡和披薩正好可以晃去隔幾條街的貝果店，那家貝果店不論何時光臨，總是大排長龍，全紐約最富口感嚼勁的貝果就在這家店，如果有人插隊，連在旁索乞的流浪漢亦會群起怒之。

七十二街地鐵站對面的Hot dog shop，也常是我解決一餐的地方，一級棒的熱狗才五十分，一次花個一美元買兩個熱狗，一餐就飽飽地打發了。

熱狗店的店員有好幾個非洲人和越南人，每次我進去，他們都會自動說：「Two, everything, to go.」也就是「兩個，什麼料都加，帶走」的意思，買東西買到熟了，連開口都不用。

1月2日

日本同學Sonomi今天在油畫課的休息空檔向我苦惱地說著，她不知道要選擇男朋友還是貓？

我對這種問題通常不回答，因爲答任何一個，她都會感到傷心，只能她自己想明白了定奪吧。

1月24日

好久一直沒動日記本。

因爲發生一件我在紐約最感痛心的事。

那天在等尼克一起去大都會歌劇院聽歌劇的空檔，一個人在對面的林肯中心旁的GAP逛著，想買一件套頭毛衣。

彎腰拿起一件米褐色的毛衣時，抬頭正好和一個在當模特兒的香港朋友打了照面，這位朋友英文名字怪怪的，就叫支那。她和南施也很熟，我就是因爲南施才認識她的。

我一見她，即很高興地劈頭問她，有沒有見到南施，我打好多通電話就是沒人接。卻見支那喑啞地說著，你不知道她死了嗎？

什麼？我聽了心裡一沉，竟大哭起來，把手裡的毛衣滴了大把的眼淚。GAP的員工還跑過來問怎麼回事。

支那說，南施是吃安眠藥死的，原本應該只是要嚇嚇她的男朋友，可能她沒想到她的心臟不能承受那些安眠藥，就休克死了。

支那說警察來問過她話，也有找我的，因爲南施的電話本裡寫有我和她的名字吧，不過應該沒找到我。又說，南施的母親從台北飛來，結果只攜了她女兒的骨灰回家。

一個台大外文系、紐約大學藝術碩士的南施，愛情海浮沉，還是沒走出第三者的重重幻影。我怪我當時忙著打工，她有苦想向我訴，鐵定也找不到。

事後，我夢見南施好些次，她的影像似在暗房的顯影液裡的黑白照片，浮浮悠悠著。她從顯影液的水裡探出手來，向我道別。

幾天後，我特意繞去南施最後的居所，位於六十一街東邊的曼哈頓，感到她的魂還在紐約。

1月26日

有時候，我經過貝蒂絲強生的服飾店時，也常想起南施。

那是我們倆都喜歡的服裝店。

可是也不過是不久前，她就站在我的身旁，品頭論足著衣服，如今卻徹底地消失了，讓我感到無言的悵然。

我突然想起每次看電影都在黑暗中流淚的她，背負著龐大沉重的心情，我卻無力爲她化解。聽說她自殺前，才去大買特買衣服。每每想起此，就讓我毛骨悚然，自此對逛衣飾店，突然喪失了興趣。

南施消失了，等於讓我陷入了更龐大的孤獨，她本來是我紐約友人中最感到自在的朋友，最是可以分享一切的朋友。

她走了，讓我在這個城市，更加沉默著，有時聽見蟬聲顫鳴，烏鴉咕噥幾響，都會想起她。想起她時，就等於望見了自己龐大的孤獨身影。

自願失去一切，一切極限的可能。

遙祭南施，內心一陣澎湃；南施的母親捧著南施的骨灰回台的路程，想像這樣的孤景，每每一陣痙攣。

和怡聊天，說起彼此有時都會天眞地想化身成漫畫中的人物，有劇情，有故事，但卻沒有生活的如實重量壓在身上，也不會對日子感到飛逝的驚怖。

然而我們卻都有著會痛會哭的身體。

假設身心皆失，那麼一切的依恃外相瞬間就成雲煙，還談什麼最愛和不愛呢。南施突然讓生命來了個大逆轉，她要懲罰那個遲遲不做決定的男人，但卻賠上了她的所有。

我說過，這個城市反覆沸騰的其實都是慾望的身影，流轉生死，生死流轉，就那麼一念懸跨在命運河的分界上……，愛瞋情愁，劫灰煙滅。

每每日子快要沉淪不起時，南施總會把我打撈上岸。思及弘一法師所說的：「生死大事，無常迅速。」

此時，深夜裡想起故人，紛紛的過往慾念狙擊著心靈，撞擊慾念底層思維的深處。

於是鄭重地在筆記本上，寫下斗大的「想你」二字。

願你魂魄今宵入我夢來。

紐約！紐約！

電影裡勞勃迪尼洛吹奏著喇叭，

幻想有朝一日在此成名，

而這亦是許多人的夢！

終宵共舞

紐約——台北

時差：十二個小時

飛行時間：十七個鐘頭

機長報告：現在飛機正要通過一道強烈的氣流，請旅客繫好安全帶。目前機艙外的溫度是零下十度，再過半個小時，將要進入台灣本島。

天際最後一抹豔紅漸漸脫離了靛藍的依偎，然後全然地沉浸在黑缸裡。速度正把我帶往家的方向，家的方向有著蒼白的路燈，燈上圈著一團冷霧，台灣海峽的波濤經年累月地在夜裡有一種孤意無邊。

在機艙裡就著一小盞燈光，讀著川端康成的書《日本的美與我》。

「終宵共舞惜殘年，只愛逍遙獨自遊」，川端說到一位日本僧良寬所寫的〈絕命歌〉，他說這是日本的美與眞髓。川端藉論他人，說的其實是自己之心。被三島由紀夫稱爲「永遠的旅人」的川端，其行徑曾讓我著迷，那是一種精神浪蕩子自由的況味。

川端曾經有過一去十多天突然下落不明的事，大夥正替他非常擔心，各處尋找他的時候，他卻突然回來了。只見他緩緩說著：「去伊豆逛了逛，碰見了『旅藝人』在一起了。」

旅行的奇遇，爲川端帶來了鉅著《伊豆的舞孃》，而這又豈是當時川端臨時一念遊走他方所能預知的呢。然而那樣的自由度，卻令人心神嚮往之。據說，川端的旅行常常是心血來潮無端地就從故里消失的，即或沒有錢，即或只能買張單程車票，他也冷不防地就出發了。

冷不妨，我覺得於今人世，就是這種況味，常常是冷不防事情和機緣就來了。我當年困走曼哈頓時，也沒料到隨手拈來的自語手札，以及用最陽春的機械式相機興之所至所拍來的照片，如今亦能堂皇付梓。

爲此，又特地把川端康成的書拿出來回味一番，喜愛川端氏自足的飽滿與瀟灑無懼。而我走過紐約命運館，走過旅途自身的多方面貌，漸漸能回過頭來看看自己生長的這個島嶼，開始能舒坦地張開心眼，用著有溫度的母語，在台北的許多角落裡品嘗每個旅地的自己；離鄉返鄉，不斷地靜止和移位交叉，終於知道了如何和「自己」好好地相處了。歷歷知悉生命之河所流經的河床和沿岸風景，切切探觸著河水的溫度和速度。

每一段長久的背鄉旅路，皆以心靈逃亡始，以降伏慾念終。

二十年後，寫給你的日記。

愛情一百擊

像電影字幕，只消打上二十年後，

一切就會快轉起來。

1

二十年後，寫給你的日記。

翻了新頁。

南極凍原的蛹，寒冬掙扎，漫長得只剩下一心一意的等待，相信永夜之後的蛻變。

給玫瑰生命光華，給蝴蝶一雙複眼，像早晨的太陽給山頂第一抹光彩。我想起了你，想起了你在我生命裡的火焰飛舞。是那樣久遠了，像被埋在地底的歡喜種子，像一粒星被鑲在光之海，我仰望天空就看見過去。

和你的一切已是雕梁斜陽。

2

二十幾歲時寫給你：

「對日子感到飛逝的驚怖。」

「我們都有著會痛會哭的身體。」

寫得太早，現在體會才剛剛好。

靈魂會記住身體的愛與痛。

3

一樣的你，一樣的日記。愛情時光裡初識的那個嬰孩，已長成了荳蔻年華。

蒼老的年輕，不再相信愛情，但相信愛與情。

無法知道時間是如何流失的，

只好通過一種名為回憶的東西，

在熟悉中尋找記憶裡曾有的溫度，你已是最熟悉的陌生人。

這樣的時光，表面看起來是靜靜地過去了，但只有自己知道時間之海的浪潮高低。在我所擁有的世界裡，我經常感覺空曠，帶著惆悵的明亮。

紐約，上個世紀末，生命滾動的狼煙，遮住愛的去路。

終將老去，原來可怕，也不可怕，很多朋友都不老地離去了。

也許我能夠是那個老而不老的倖存者。

時間之神，讓誰都無法抹去歲月的刻痕。

我有書寫的法寶，將時間凍結在膠囊裡。

4

當年你要我去紐約讀書，可能要考驗我沒有想像的堅強。
你要考驗這場愛情並非是命中注定，
在紐約時，分手的喪鐘就敲響了。
我從紐約回來卻是命中注定的，
我為島嶼的海回來，我為母親回來。
我終於不再著迷遊園驚夢裡那種可生可死的靈魂劇烈撞擊。
我也不再著迷於人海茫茫中彼此以愛指認的瞬間悸動。
但如果沒有之前的騷動，如果沒有任性的出走來消滅對遠方
海市蜃樓的執念，我就沒有現在的我，
而你卻仍是現在的你。

5

我的世界，慢了下來。

我的愛情，靜了下來。

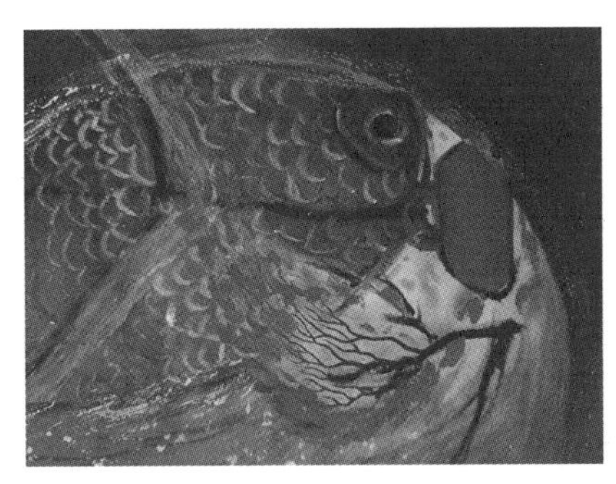

6

住了二十年的沿河老公寓，用了二十年的手機號碼，在同一家出版社出書二十年。

二十年，本以為你會先離開人世。

很多看起來比你健康比你年輕的朋友卻都比你早走了。你還在，我很驚訝。可能因為認識你時，我太年輕，而以為你是老了。未料竟在中山捷運站瞥見你，我正要往手扶梯下，你往手扶梯上來。我看見你往上，我往下，轉身回頭瞥見出口的逆光身影，你沒回頭，但我知道是你，是你，我在心裡頭輕喚著，竟是你！心臟敲得咚咚響，彷彿魚要跳出水缸來。

7

剎那見面不過一分鐘，一上一下的電梯把我們分隔開來。還來不及想怎麼回事，回頭你已成背影，以為是白日見的鬼。為了這一分鐘，我為此夢眠輾轉，剎那的素面一瞥，它是時間之神，是半生緣，是再也回不去。這或許是要我拋開過去懸念的一帖解藥。我的腦海不斷潮騷著過去的影像，不斷重組那年輕時和你的午夜激情與幻滅、理想與失意。

8

曾經你愛我所寫出來的每一個字，每一個文字的段落，你說連標點都可以呼吸到我對愛的吶喊與心的重量。因為你這樣看重，我匍匐前來，即使滿是傷口。因為你這樣的讚美，我翻山越嶺，歷盡滄桑，面臨崩壞的生活，仍想寫字。

9

很久之後，我才知道你的讚美是毒素，寫作是我夢寐以求的一切，但卻也是我到達不了的理想生活。原來這是很糟糕的行業，但它已成了我的信仰。就像你是很艱難的愛情對象，但你已成了我的經典。

房子空蕩，以前在紐約總要細數幾天才能收到你的信，只要過了七天信箱依然空蕩蕩，心裡就很蕭索。仿你的筆跡，寫我愛你，好像就得到了遠方的愛。我邊開著電腦，邊回憶著這種挫敗與癡心，沒有光亮的紐約生活。

在一大串無數代碼裡找著信。看不見的電纜線，發出的訊號，將當代人糾纏在一起取暖或者一起飆口號。輸入關鍵字，我可以辨識你的關鍵字是你的姓，終於找出以前的電子郵件地址。快速敲了封簡單的信給你，想確定我們相逢的那一分鐘不是白日夢，你不是白日幽魂。我說未料在捷運站遇到你，是你吧，我能見你一面嗎？不確定信會不會到你手中，畢竟信箱地址還是hinet時代的。隔天卻收到你的回信，我的稱謂還變成菜市場名：美女。哈囉，美女，你不會想見我的，我現在不過是個糟老頭，照顧孩子的老宅男。

就這樣，什麼同船是五百世的緣分，什麼所有的相見都是久別重逢，情愫皆化雲煙。我沒回你，因為我討厭你這種美女叫法，我變成一座菜市場，你連我的名字都不敢寫。

乍然瞬間相逢。清涼還是熱惱？二者情緒交雜而過。時間有兩三秒的空白停頓，天旋地轉。愛情必定不會再重返，你必然不會再度成為我所熟悉的樣子，這是確定的，雖然我們錯身時，看起來似乎是老樣子。

沒有微笑，因為來不及反應，就已離別。

你自過去行來，使我的夏日突然疾行到了冬天。

在車廂裡我想著你，為何我能記起你的事情，如此稀少？

我不相信這麼少，但就是想不起來很多事了。曾為你流的眼淚，怎麼一座海已像是荒漠了？二十年，電光火石。二十年，一片霧化的白。二十年，恍惚失真的情節。二十年，暴走帶傷的抒情。二十年，要將你驅逐出境卻不可得。二十年，我總是一個人奔向藝術，寫作繪畫電影。當失去地圖流離失所時，就一個人奔向神（也可能是魔）的盛宴。二十年也就過了，沒那麼難。

12

記得在容易擦槍走火的地方圈上一個結界，打上手印保護自己。小心誘惑與心理測探。走入深海氮醉迷離時記得清醒。在睡著時也能記得夢，醒夢一如。生命旅程，不再讓人任意闖入。永遠記得睡下的那張床。寂寞時可以點菸但不燙自己。傷心時寫點字，不曝光的字。心痛時站在窗台邊，聽聽雨聲。別為愛醉，也別為愛犯下罪。對利刃般的絕情者如無法原諒也要記得除名。寧靜時看守靈性，留心神走過的痕跡。倖存者指南。

13

你是罌粟，是藥也是毒。

你的愛，讓我不孤獨，也讓我更孤獨。

你的過去曾一度成為我的囚籠，我為愛閉關。流轉的時光過去了，你從我愛情的第一人變成了後來的人。

14

曾經我旅行過許多許多的城市，但都沒有留下來。我沒有時間給任何人，沒有時間了。現在只有媽媽可以跟我要時間，還有文字，以及飢餓。

15

你曾送我一塊布，用愛織成的布，任何的版型都不匹配，最後布變成窗簾，每天清晨看著陽光曬著暖，嬉戲至太陽下山，直到染上一片陰影。不論光影怎麼走，都能閃耀你的愛。

16

你送的那一床棉被，蓋得通暖的玫瑰花棉被。後來棉被給了媽媽，媽媽說，我終於懂得愛她了。寡居的媽媽蓋著你的棉被，有著像是做過美夢的神情。

背著媽媽到處撒野的青春，播下野種的愛情，在死亡漆黑的螢幕前，我在病床旁對著媽媽不斷懺悔。紀德說床褥必欲愛與眠，床褥的特性。所以和你無關，這是我自己想流的淚。

17

曾經把你幻想成是缺席的父親。我對父親最深的記憶是父親口袋裡的零錢，還有父親如鐵的靜默。你也是，當你不說話時，整個山林都不起風。但你給我的不只是零錢，而是一整個黃金屋。而且你有迷宮，供我玩耍，且迷路。

你依然習慣把球丟給我，你寫：你不會想見我的。我如果回信說很想見你，你還是會見我的，但這麼多年，要如何從頭說起？該如何擺放如此多年之後的一種事過境遷的不在意？那必定是很多的假裝，我希望你在重逢那天你沒有看見我徬徨匆忙的神色，可以只看到我身上披的那件黑如深海的湛藍圍巾，一樣當年的長髮。即使我知道年輕的美貌纖細已然遠去，我已經沒有什麼可以遮掩的了。

你常說我習慣遮掩，躲在自己的黑洞。那時很多人靠近我，我怕被這人寰熱海給燙傷。

我們竟能穿越人海洪流的陰影，對焦彼此，我想是因為落地成灰也認得的熟悉，使得擁擠的人潮都瞬間隱沒停格。我們眼神剎那交會的那一瞬間，周遭一切被秒殺被塗抹淨空。時間躲進膠囊，時間退後退後，一直退到上個世紀，老年變中年，青年變嬰兒。我還青澀，而你正昂揚。你成了年輕女孩的知識大神，在還沒有谷歌的時光。

曾經，我在你的眼界下，潛入大海的遼闊繽紛，兩個雙魚族的大海。跟你在一起的感覺，就是豐饒壯麗，以及黃昏時刻的那種奇異色溫的蒼涼。我知道如果這世界上有那麼一個人曾見證我年輕的掙扎與長途跋涉，那個人唯有你。你知道我這個魚兒是深海的，不是魚缸的。但我年輕時又任性又膽怯，因為你，我才長了飛翔他鄉的妄為之心。

20

知道彼此都還是倖存著，這已足夠了。

再多會破壞這種不可多得的神賜。

你知道我會寫下來，而我知道你會偷偷閱讀。

那一分鐘，重逢這一瞥眼，甚比臨終之眼。我已替你送行了，為這場愛情做最後的送行，之後將會供奉在愛情的神殿裡，供後來者如鏡觀照，供和我一樣曾（浪費許多光陰年華）不斷為愛情或為遠走高飛而受相思之苦的人解愁。每樁愛情在過了全盛保鮮期之後將轉為各種調料，有的無聊有的無趣有的背叛有的憤怒有的難過有的習以為常。

愛情唯獨清醒很難，因為清醒之後，就看見了傷。

我怕你問我過得好嗎？有對象嗎？繼續當孤魂野鬼嗎？
愛情的位置還空著嗎？
是還空著，但空著也無法請你入席。
想著自己這幾年來如何虧待愛情，那些不堪的黏稠的場景，又是如何一次又一次地變成傷害性的回憶，而我在裡面扮演的角色又有什麼不同？我竟要花上這麼多年的光陰才能找到自己的面目。
難熬的時光都不難熬了，雖然日子依舊艱難。
你曾說對我們最終走到分離這一步很難過。我問你有沒有惋惜憐惜與後悔呢？
沒有回音。繞行愛情的太空艙已然墜毀。

22

曾經紐約台北好近好近，
手寫信通過航空郵票的感情很重很重。
現在台北八里好遠好遠，電子郵件的秒傳感情很輕很輕。
只是渴望一個殘留眼眸的愛意，但於你已是非常不適切。

23

那個二十幾歲在異城經常接駁我的出入口，一座巨大如巴別塔的雙子星世貿中心早已落地成灰，新生再新生。

那個你曾寫信告訴我的死訊名單，從張愛玲、林燿德、邱妙津開始，你提點著我不要讓感情拉住寫作，也別讓寫作牽絆住生命，生命才是本。那是個訊息需要透過紙媒擴散的年代，而我必須透過你告訴我原鄉的消息。

往後你不在我的生命現場，又接續了無數悼亡的名單，裡面有我的寫作同業與我珍惜的許多人。死亡與悼念訊息變得很輕很輕，隔著屏幕的一條條虛線，手指滑動著每日被更新的悲與喜，不斷被刷洗的版面，如洗夢者洗著隔夜的夢，集體舞蹈，集體同哀。

如果你剛好是個例外，那麼要靜默，要極其小心。

曾因感覺被地下化，被陰暗化，被邊陲化。
意感你把我擺在陰冷的地下而使得苦痛加深。
我成了你感情的暗影，你在我身上尋找精神的出口，但你卻
把另一腳放在不敢移動的死口身上。
我不成能成為你的出口，因為到時我的生命會成為死穴。
我已經把愛情從地下室搬到地上，以前我喜歡任何腐蝕下墜
的暗黑力量，心像被打進一根鏽蝕的釘子，早晨起來，在床
沿坐著就可以聞到迴盪在愛情的那股濕冷的空氣，又苦又著
迷，吸一口氣就可以活很久。年輕時以苦為樂，看見掙扎
卻手舞足蹈。膽大妄為，甜美而破爛。再大的雪雨，都會停
下。以為自己擅長愛的藝術，以為自己有金山銀礦。
總想有地方可以歇息，不知老不知死。
時間一到，啟動深海炸彈。愛情的材質，太神祕。
現在知老知死，和時間做朋友，和愛情保持距離。

25

媽媽總對甩門離去的我說，老了你就知道。
為了知道，老走了好長好長的路。
才能擺脫一點點的無明。
無明這株野草，太愛春風。

26

如果毛毛蟲知道自己會變蝴蝶，牠還要自殺嗎？

27

斑斕的蝴蝶知道自己終將一死，
而燦爛的本身已是一切嗎？

28

陪母親走進垂暮的生命暗道，
她是教我如何避開爛男人雷區的生命第一人。
但她不認識你，不知道她會不會早早告訴我要避開你？

29

你讓我一直往回憶裡走，卻什麼也找不到。

時間越走越快，追不上時間的人，先離開了。

等待成了時間的虛字。我知道你要我等待只是一個遁辭。

你一直在那裡，你來了又走了。

你還在原地也只是一個安我心的說法。

30

請你安我的心。

把你的心交出來。

31

你可以的時候，愛那麼強烈，
你不行的時刻，愛那麼決然。
你訂的時間表，提早讓我老了。

32

愛情只是魔術，幻影消失，

整座相思城池空蕩蕩，甚至常想不起來。

33

在曼哈頓這座奇幻的陌生島，每一次打開信箱，收到你的隔海來信，我都像觸摸到天使的翅膀，愛溢滿著胸腔。每一次拆信前，我都先在心裡說，「請你，請你繼續愛我。」好像祈禱文。

現在太清醒的我，偶爾會懷念過去的癡傻。

紐約是你把我推向世界的第一站，你也是一個推手，或許那時候你知道我出國後將會離開你，或許你可以喘口氣也說不定。你要我等你十年，我連一年都闖不過去。是否你太天真，要一個二十幾歲的女生等你十年？當時以為十年漫長，以為和一輩子差不多。哪裡知道，一晃就老了。二十年，難以想像的數字正要往上攀爬。

我在紐約時幾乎都在畫畫。趴在地上畫圖，喜歡聞顏料的氣味，喜歡聽筆摩擦紙的聲音。一座紐約的記憶城堡隱身在我的畫室之外，紐約的雪，霓虹的寂寞。重返許多次的紐約，直到最後一個老友尼古拉斯搬離紐約，紐約徹底成了一座陌生的城市了，我再也不想回去了。那時我就知道我不再愛紐約了，你說紐約是青春之城，三年足矣，之後將讓人幻滅。我竟過了這麼多年才感到這座城市徹底從我的心拔除了，那一刻我知道我也該跟你告別了，真正的告別，記憶的告別。於是我再次寫了日記給你，斷斷續續的。

我常常在紐約畫畫之後，靜靜躺在工作室的夜色之中。那座沿著哈德遜河的香菸工廠，已經變成了一家旅館，你知道我走過去時到處都遍尋不著往昔的記憶之景時，彷彿黃昏時刻找不到家的孩子般傷心與徬徨。

把紐約的夜月送走的消費年代，那種藝術家擠在廢棄工廠作畫創作之景已經成了遙遠的夢土。那時我常趴在工作室的窗框上，看著前方的河流與廢棄的老屋，偶爾聞到隔壁或樓上的攝影師烹調著食物，香味十分溫暖，不久會聽到敲門聲，召喚我一起同吃，這景象好迷人，好像才昨日而已，怎麼一轉眼世界已調暗了光度，舊影如煙。

這棟香菸工廠裡的藝術家都去哪了？我知道艾瑞克搬去佛羅里達，我曾去找過他一次，一樣亂糟糟的工作室，到處堆滿著他將來要開書店的書籍，一樣很愛郵購物品，尤其是買佛像，一個白人愛上佛像，尤其是觀音佛像，使他的住處充滿著怪異的美感。但那回我們吵架了，總之那竟成了訣別。

那一回他和我一同搭飛機回到紐約，
因他的父親還住在紐約。

在中央車站，像電影畫面，我們在中央任人潮穿進穿出，然後他說我們永不再相見。

這樣決絕，我竟佩服了。

他轉身，我看著他的背影消失在午後燦亮的車站門口。

任性的人，連離去都可以甩出一道風。

其實我逞強，對艾瑞克如是，對你更是。

當年你說以我的生日為號碼所租到的郵局信箱將停用，且不再寫信給我了。我只回信說了好，且以訣別口氣。

其實我當時難過得癱在地上，臥在地上，像一隻被注了麻醉劑的軟塌馴獸，眼睜睜卻無能為力。

那時也不知躺了多久，才想起畫室就是我的感情收容所，起身走路去畫室。

聞到松節油的嗆鼻氣味，整個人就鮮活起來。

畫室老師說不只要把你眼睛看見的畫出來，還要畫出受苦與愛的生命。

我畫之前整個人痛醒的感覺，抽象的感覺要變成形象的困難，和書寫一樣，緩慢的抒情裡該如何描述細節？

二十年，你失去了哪些親友？

我們剛認識時，你的父親過世，我贈你金剛經，陪你走過喪父的哀傷。

我到紐約不久，張愛玲過世（她雖非親友，但卻是文學少女時期的至親），南施自殺，回國後出書，認識一些寫作朋友，接著有同輩作者自裁離世。時間撥快，這幾年加入時光隊伍的親友，幾乎都不敢再去想了。

把死亡貼在額上，把無常放進心裡，你以前的話浮上我的腦海，以前年輕時覺得你嘮嘮叨叨，現在覺得再無人耳畔嘮叨，這世界像是失去通聯的星球。

40

曾經把你化身在小說裡，但我寫畢之後，不曾再讀過自己寫的東西，我忘了寫給你什麼了。

你以前就顯老，現在應該更老了。

有的人在年輕時就已經老了，老靈魂的物種在青春之島十分不合時宜。

初春的禮拜天，屋內靜默。
只有我和臥床的母親，失語的世界。
你知道我這三年最熟悉的地方是醫院，最常聞的氣味是酒精與屎尿味。但我心裡充滿謝意，那些刺痛的荊棘逐漸化成玫瑰的桂冠，逐漸少了痛，多了香氣。
我們還在一起時，你曾質疑過我的慈悲。
你說我的慈悲沒有根。
為何沒有根？
如果你連你的母親都沒辦法好好相處的話。
我一直牢記著，母親生病讓我有機會反哺與反思己過。
不知道我現在的慈悲有沒有長出一點點根了？
在悲苦大海湧出歡喜的潮浪。
努力著歡喜。
曾經青春騷狂，執著的眼淚，四季輪替的悲喜，一幅一幅如停泊港口的古船，從一條激情的河流上岸時一切已老去。

很多年來寫了這麼多書，常被玩笑似的說：著作等身，接著我就會自嘲個子不高，容易等身。努力寫，成了調侃。作家不是應該寫作嗎？我把自己的許多分身寫進書了，愛與苦楚的陰影一直尾隨著我，必須用硬筆來寫很危脆的感情，航進一本抵達之謎的書。

43

曾經你我之間圍起一道警戒線，跨過警戒線會警鈴大響，會被抓走，會被處罰。愛情有如那博物館拉起的警戒線，你的愛情太昂貴，我無法跨越。除非你不再展出，但你太需要安全感，你屬於我不屬於的地方，你屬於天亮就要離開的鬼魂。我只是流浪者，雲遊僧，不扛婚姻殼的人。但多年來你化身在一些我的作品碎片，偷渡我對你的想望妄念。

永遠只能給出一部分的你。

竹圍馬偕醫院，遇到向我傳道的人，

我想我的臉色一定太悲傷。

那時母親敗血症再次住院，敗血，如何被血敗？但我是被打敗了，在醫院的白日燈長廊，行經的病人滿面愁容。小兒科傳來嬰兒的哭聲，而老人都是靜默的失語者，

連哭喊都不願意了。

當午後母親因為點滴而進入昏睡時，我經常整個人縮在母親身邊，躺在醫院附設的伸縮椅，伸縮椅拉開是一張床，蓋著蘋果綠的棉被，窩在那裡閱讀，我感覺自己像小羊，也像一株竹葉青般鮮活。到處都有走動叫喊的聲音，但拉起窗簾，我和母親像是在蒙古包的感覺，外面是大漠高原，我們母女在帳篷裡卻溫柔而安逸，把荒漠叢林圍在外頭，把魔病縮小圈起來馴養。

那一次，我確定母親會撐過敗血症。

45

我對愛情昏懵，以為會天長地久的往往短命；
以為會短命的卻往往一路勾纏。

和你在一起時，你像探測器，也像心理學家，
你總是一腳狠狠踩進我的黑暗，
叩問我的源頭，我的原生：
我的母親是我生命餘燼裡那最燙的核心，
我有個出生後就失去母親的母親，
於是她一生都不知道怎麼去愛人，
她那充滿愛意的心房被灌入堅硬的水泥牆，
她還不知道做媽媽是怎麼回事就當起母親了，
陰影盤旋心裡，使我對她有印象就覺得母親蒼老，
不是外表的蒼老，而是她一直看起來非常疲憊，
帶著凶悍式的疲憊感，像是戰士頻頻出征，
但卻沒打過勝仗，總是漫長的泥濘之路等待長征。
仇恨、傷害、失敗、挫傷、飢餓、自卑……
如灰塵滿溢的閣樓，只有在強烈光束下才會看得見的塵埃。
我跟媽媽道歉，道歉沒有及時說出口的愛，沒有當下回應的

語詞。

寫母親，寫廣義的人世間的每個母親，使我的內心充滿了救贖，一步步地通往理解之路，充滿著對她這樣的辛苦人生的無盡謝意。

母親是女兒之鏡，文字重新讓傷害的感情有了愛的接合劑。現在，我可以用文字說愛了，相信媽媽再也不會阻止我用文字寫她了。

現在，我才通過你當年對我的用力踩踏，對我的深沉叩問。

我要住在可以看到海的房子，我跟媽媽在越洋電話說。

媽媽真的很厲害，她找到的房子可以看到河水，看到樹影，看到四季的變化，要看海只要驅車往濱海公路，沒多久，整座海都灌滿胸腔。媽媽不知我的對門鄰居是誰，不知道對門是雲門掌門人。就是知道也不知道那個名字背後代表的意思。總之媽媽找了一個很棒的房子來安撫我。

八里的窗簾是自己丈量、選布、裁布的，米白色的亞麻布，晨光和亞麻的愛情，午後是金黃的光與亞麻的黃昏戀。

一天有兩場不同溫度的戀情。

自從你離開後，不知何時我有了一種病，我喜歡的東西都會買兩個，以預防壞了一個之後再也買不到。但往往另一個備胎還沒啟用，我就常常變心愛上其他的事物了。

這個病一度好了，後來媽媽生病，又一度發作。

只有一個媽媽（卻未必只有一個你）。

48

你把安全感帶走。
愛情自此壞掉了。

這個房子你來過一次。
夜晚我接到電話。
你來了。
我問為什麼你要再來找我？
你這回沒笑我又問為什麼。
回原路尋找我熟悉的人。
但我已不在原路了。
你落寞轉身，這回的背影就像我在廣東南華寺為你拍的最後一張照片，孤絕冷冽，整個背影像一片冰山。
那是我最後一次見你。直到多年多年之後，
在捷運站的匆匆一瞥。
其實那一次拒絕你，我瞬間後悔。
沒喊你，一喊怕天崩地裂，我就再次成了徹底的輸家，徹底成了你說的一間咖啡館，只供應甜點與安撫騷動，任滿足者離去。
我不想再成為這樣的自己。
你的難過寂寞，我相信你已經習慣了，這些都是你的老朋友啊。

從紐約回來以後，我喜歡躺在地板上，看著大片窗子外的天空，金色陽光與樹影在地板的移動，動中之美，很安靜。有時會站在擴張出去的木板陽台上唱著歌，在愛比死亡更強大的滄桑歌聲中煮咖啡。

和你在一起時，我們喝咖啡，品茶，也喝點小酒。

然後聽音樂。

買書讀書論書寫書。

你離開後，這些習慣依然。

好像你在遠處發出聲音召喚我，

你像一個老朋友跟我品茶喝咖啡。

但唯獨你不再對我寫的東西發出評論。

你說就寫吧，寫到天地都為你所用，你在虛空中對我說。

書寫已是青春時燃燒的一切。

就像在紐約畫室時，很多人都叫我野女孩，拿筆的手上布滿顏色，他們不知道我是拋棄一切來紐約的，為了聞到這松節油的氣味得要被迫失去你。

我在顏料行打工的那位經理，在我離開紐約後的隔兩年曾回去找他，他卻墜樓過世了。我養的Tiger，因為託孤的怡也要回台灣了，Tiger被迫再次換主人。牠是一隻會流淚的貓，眼睛是最牠最脆弱的地方。就像我，眼睛過度使用，閃光嚴重，影子重重。最後一次探望Tiger，在新紐澤西，隔著哈德遜河和紐約下城遙遙相望的大樓。貓在我的手上留下齒痕抓痕咬痕，牠的一次那麼用力對我這個舊主人。就像你似的，將所愛化為一道傷口，傷口等著變舊，變老。

52

一開始都以為沒有對方會死。
一開始都覺得一切非常甜美。
一開始一開始錯的也是對的。
一開始一開始一開始是錯的。
體認到一開始就是錯的，已經過了二十年。

53

傷口還沒老去。
新傷口就來了。

我是天生有病。對我好的人都被我推開了，好工作也被我回絕了。跟著我到天涯海角的，都是會吸我血肉的，比如卑微，比如寫作。

55

我夢見你睡在我童年的房間。
醒來，發現那不是你，是我的父親。或者是你的臉，
但卻是父親的身體。
你告訴我你的婚禮是佛教婚禮。
我問佛教婚禮是什麼意思？
你說就是全部都是素桌，不殺生。
但後來你說你在愛情裡殺生。
你流淚，說要我寫懺情錄。
你對我是放生。
我之後會明白。
殘酷的慈悲。

我離開紐約後，想念的是雪。

還有一些異鄉人，他們都是小販，賣花的，賣香菸報紙的，掃雪掃落葉的，賣雜貨的，賣舊書的，撿頭髮的。墨西哥人波多黎各人亞買加人韓國人非洲人。

復活節後的第一場雪最瘋狂，初雪降得很細很細很慢很慢。好像為了讓步履匆匆的紐約人欣賞似的，必須如此的緩慢旋轉，讓人愛上雪，即使雪之後很殘酷，暴風雪襲擊，曼哈頓人車停擺，雪比車高。

我人生中的第一場雪是和南施一起在中央公園度過的，兩個女生打雪仗，嘴巴吐著白氣，天地都絕，也絕不了我們的笑，笑裡的那股年輕氣盛。

但南施過世一晃眼竟已超過二十年了。

小小一晃，遊園驚夢。

我記得接到她死訊時，我在服飾店掉淚，之後上了地鐵掉淚。一個陌生人對我說，別傷心了，要下車喝杯咖啡嗎？

那個慈悲的陌生人，我沒跟他下車。我只記得他手裡拿著很多捆的布料，很多美麗的顏色在他的手腕上。

我發出慘烈的微笑，搖頭。

他下車後，其實當下很後悔，但車門已經關上了，隔著人影車影，我看見他的背影挺拔，想起他問我時的關心與真摯，有一雙眼睛很美很深很藍，像一座海。

自此像是被結界的人，不會再遭逢。

尋找海的眼睛。

在紐約畫室的每日上午都會遇到裸女裸男。擺著姿勢的赤身模特兒，供我們作畫，班長會在我們到來前布置好背景。

進來選好位置就是固定了，至少一兩週都不會換。我每回都到得太晚，最好的正面位置已經被占光了，幾乎好幾次都只能畫模特兒的側面或是背影。

有一回下定決心要早到，結果是一個超級裸男在我正面赤條條，畫了幾天才把他當成石膏像般。

我曾想要畫裸身的你，但是卻回想不起來你裸身的樣子。總是燈光太暗。

或者我沒正眼看過你，因為我當時在意的都是你的腦子。

我有個畫家朋友因為在台灣沒有練習畫裸女裸男的機會，她的素描都是靠看A片停格來作畫的。在紐約香菸工廠時，曾有女藝術家要我當她的裸體模特兒，那時候我們都是相挺的。但在台灣，很奇怪，思想也被禁錮了。

59

曾經為我指路的你，已經停止在原地了。

而我老早就走上另一個分岔點了。

帶著陰暗滋味的你，已經被我關在記憶的盒子了。

很久很久才拿出來曬一番。

60

愛上你給過的一個想法，一個念頭。

僅此，就是對你的回憶了。

或者觸及念頭，也是我對你的可能的想像極致了。記憶在流年中沉澱，篩出陰暗或者光華，如何才能相愛而不相厭？

你說光是不耐煩，就足以讓戀人分開。

沉思的靈魂，可以久候，卻難以忍受已讀不回。

61

有時只是什麼都不想。
一直朝著佛像，我的觀音，大禮拜。
或者什麼都不想，靠著椅背發呆，看著下雨的房間。

我曾深信你是我生命中的浮木，在搖晃的海波中，你總是對我燦然一笑的人，那時我年輕蒼白的世界便在你的凝視中被溫暖了。你給我彩色的夢，我卻把色彩塗抹一空。於今才明白這彩色的夢多珍貴。年輕時任性揮霍你的好，活該我後來會不斷在感情路受苦。

63

日久，那些原本連毛細孔都可以輕易回憶起來的東西都日漸成為一種模糊的輪廓，許多塊狀的回憶甚至都消逝了。

人的回憶其實也不用很多。

多年來，日漸心意全無，不再當索愛者。

施愛者，等著我。

你轉身後，人生重要的事件座標自此彼此缺席。
回憶起來，風神雨司將你的足跡抹得乾乾淨淨。
沒有愛在瘟疫蔓延時。
島嶼繁多的地震水災，沒有可以和你一起回憶的了。離你轉身之後最近的島嶼事件是慘烈的九二一，在夜晚劇烈的搖晃裡，一個人顫巍巍地換穿美麗的衣服，以為這樣被發現時也可以美美的。
單身之夜，沒有傾城之戀。
還有答錄機的年代，乍然從外太空傳來了即使化成灰也認得的沙啞聲線。
你是上個世紀的愛情鬼魂。

夜晚時分，偶爾從我母親病房偷溜，去看看大街，看夜歸人乘著風行過。

你一直都是夜歸人，我去紐約前你來找我的時間都是整座城市進入安眠的時光。

我開始懷念起當年我心裡很苦時，午夜開著車到有二十四小時的速食店，在午夜可以完成許多事，那是在自己的城市才有可能，在紐約我過了晚上就不太敢出門了。但在自己的城市，到處都是天地。超市，速食店，超商，有許多二十四小時撫慰人身體與心情之地。在紐約有時候是很受罪的事，一到晚上，遇上地鐵停駛，光是換車就可以耗掉一個小時。午夜的速食店充滿著邂逅的人，沒地方可睡的浪人，無聊的孩子，打盹的人。還有我這樣的失眠者，傷心人。

這不免讓我想到紐約的Mission café所遇到的男人。

當我進入那家咖啡館，我就知道他會朝我走過來，並且我們會在一起。

然後離開了你。不久也又離開了他。

大雨，夏日來最大的一場，彷彿染著哀愁的風，我在紐約時曾寫信給你說我懷念島嶼的西北雨，颱風前夕的風高雲高。幾乎看不見視線的那種下法。

這讓我想起很多年前當我第一次學會開車時，我就把車開上了快速道路，但卻遇到非常可怕的豪大雨。不可能路邊停車，只能繼續開，但最快速的雨刷也沒有快過大雨傾倒的速度。那時你笑我只知開不知停，很像愛情。

忽然一個閃神，只見一個機車騎士雨天路滑摔車，我隔著車窗裡的音樂聲和大雨聲，都還能聽見他的哀號。從對面甩過來的疼痛，我都跟著喊疼。

穿過雨區，豪大雨。

想像上空有多少雨神齊聚在雲朵之上聊天著。多話的雨，我們曾有過的夏夜，短暫而深刻。

67

整理八里老房子。
我的老愛情。
棄養多時，到處都是灰塵與被太陽曬傷的物件，
回憶的荒草漫漫。

68

其實你是滿悶的人。
悶燒的心，會一直喝悶酒。
很多話都放心裡。
我回憶你的樣子，在某個便利商店的夜晚，尋找酒神。

倘若你已培養空性，就永遠不受死神的傷害。
如此其他諸魔如何能傷害你？
我在母親的病床旁讀著這句話，深深受到感召。
以前你曾贈我：生死大事，無常迅速。
現在才懂得。

塗鴉意味著一種宣洩，如孩童般的宣洩。
不帶好壞的評判，只有當下的存在
如果你回憶你的孩童光陰，你會想起還沒受文字教育前，線條和顏料一直都是你最好的朋友。超越書寫，凡書寫必然存有邏輯性的字詞次序，繪畫沒有，它是最原始的，有如我們直白的心，未經修飾。
直指本心，如拈花微笑。
你說你不會畫畫，或許因為你已經遺忘了自己曾是個孩子。
但你一直是一個喜愛孩子的人。
而我無法讓你滿足這一塊。

71

半夜急診室，醫院問你沒有家人嗎？

我轉身，覺得眼睛很癢很癢，像是要流淚。

72

我的愛情經常需要吃藥。
不動聲色是藥。忍辱柔和是藥。
想愛神還不如想財神。

73

我曾經因為愛情而有了三個家，你的，自己的，母親的。
但當時卻常常不敢回家。
我有三個窩，卻常在外流浪。
空蕩蕩的心。
當年。心被闖了空門。

愛情的期待永遠朝反向發展。

以為你會打來時，卻總是沉默；放棄期待時，你卻打來了。

但你的電話號碼已經死去多年，變成一個永恆的鬼。

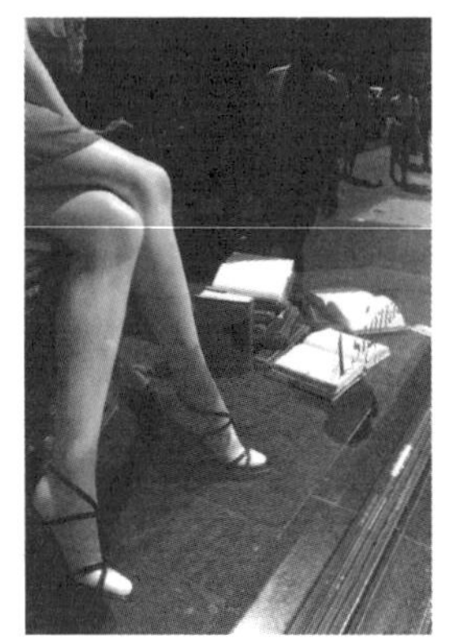

75

求來的東西，會被輕視。
愛情不能有卑微。
愛情用纏的沒用。

你說一生都在追求自我實現，與他人無關，結果是空。

失去職場，你對自我懷疑。

失去信心，安全感破洞。

以前的安全感可以來自年輕，現在的安全感來自於什麼？你曾問我。

你不太會愛人，但你懂愛情。你說以前認為他人是地獄，現在才明白他人即自身，或者該說，自身才是真正的地獄。失去工作職位的你，出現著空洞的臉，恐懼、無助，我第一次在你的臉上看到你面前的自己，那張臉寫滿我自己的恐懼。

男人不能沒有尊嚴，而尊嚴卻是來自職位。

時間是強效的立可白，是消除鍵。

前一刻的快樂已經無影無蹤。下一刻的難受卻如影隨形。

快樂不容易被記住，因為太難捕捉，因為太短暫。

痛苦卻無法忘記，因為不需捕捉就自動被俘虜了。痛苦總是漫長。

痛苦時要趕快書寫。因為痛苦也會被下一個痛苦蓋過去，會被替換。

78

你會修電腦。

但你不會修人腦。

我說人腦要用愛來修。

樹木，一直相信花的快樂。
我，一直相信你給的淬鍊。
一如相信喜神總是給出的兌現，
讓舊時的淚水奔向太陽，
驅走無望，不該無望，看日月總是在。

在記憶中尋找幸福的樣子，
每天吃早餐看親人的眼眸，
天空透亮，神的祈福無限，
我已開始豐收綺麗的好年冬，
這是黑暗過後，最明亮的新生。

80

你說修行就是要轉煩惱。
因為煩惱無法斷，只能轉。
怎麼轉，轉來轉去又兜回了原點。

81

此時此刻，我不知道我的臉孔是否還殘留哀傷？
我看不見我自己。
少了你的注目，我彷彿是被石化的擱淺者。

82

說要早起，但總是疲倦得像是背了塊鉛。

經歷一整個白天的撞擊。這種心痛，已經無法用寫小說來拯救了，我剛剛那一刻企圖用小說捕捉時，才恍然大悟地明白能寫在小說裡的都是很後來的事了，都是發生過且已經不再感到徹底疼痛時才能為之的事了。

當心很痛很痛時，只能用日記體，只能胡言亂語。

我永遠都要牢記這一天，我從此處死亡，也從此處新生。

謝謝你包容我危險的想像力可能為愛曾定下的罪，
謝謝小說裡不斷被我動員書寫的每個他者，
他者如你，都是餽贈我故事與命運的掌鏡人，
謝謝洪流裡掙扎的芸芸眾生，
每個陌生者的辛酸都是我這個作者言說轉借的哀愁。
謝謝受苦者，以愛織補殘破的苦痛，
謝謝你們的人生碎片為我的文字所用。
謝謝傷害之後還有餘生。
我的謝謝很真誠，雖然寫起來很濫情。

又遇到感情的傷口。比較起來實在沒什麼了。

看盡感情的來來去去，我還有什麼不明白的嗎？

若非貪執，怎能在同一個地方跌倒如此多次。

滾動的狼煙，直到今年才停了下來。

已經懂得繞路而行。

86

我已沒有任何可以失去的老本了。
寫作是我唯一僅存的老本。
我得看好照料它，它是我唯一的丈夫。

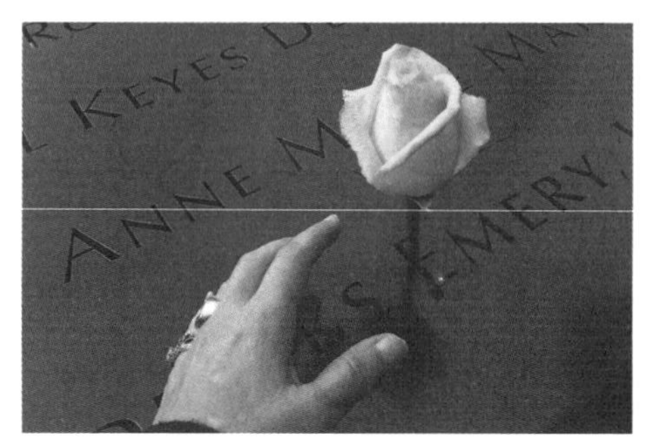

走了這麼久的路與路，
默默靜念許多人與事，
才認識了點時間之神，
才有勇氣繼續穿行夢。

一粒星鑲在天空的光之海，
昨夜的你已是夢裡的黃粱。
回憶童年和友伴們，
那曾在廣場嬉戲著的愛的味道，
給你紅包等著你長大的父母，
他們過一年又老了，
但愛總是不老。

用一個你，收割一世愛情的燦爛，
用長長的等待，讓它枯萎時也美麗。

二十歲的愛情老嬰兒仍會哭泣。
愛情很難長大。

用一盞燈，點亮天空的一顆星。
萬物，都在眺望遠方的神曲。
你平安時，記得寫夢告訴我。
夢不需要長大。

88

你說請你保護我那個珍惜。

我說可誰來保護我的愛？

想起這些，已經是久得像是相館裡塵封的老照片。

89

我們開始在十月，也分手在十月。馬奎斯小說裡最常出現的十月季節，困苦艱難的季節。分手後曾誤接你的一通電話。

我淡淡地回答，接近冷漠。

這通電話的冷漠你應該是聽出來了，在大量的空白裡，你沙啞地問我好不好後，很快地就說起遭小偷，小偷且偷了大半我送你的東西（難不成你以為是我去偷的啊）。我聽了倒覺神傷，真是天意如此，小偷什麼不好偷，偏偷我送的，意圖抹去我和你之間的交往痕跡。

只要在岸邊看著就好。

早些時候，我在岸邊看著不就好了，又何以弄到溺水了？好在只是嗆了傷，水積在胸肺裡難受。靜待些時，一切將慢慢癒合。

雖然原路一切都在變化和緬懷中。

要斷，連想都不用想的斷絕。

如果愛情的那些瘋狂，可以成就一個梵谷，或是那樣的怪異和彼此兩人世界的封閉，可以像普魯斯特寫出七大冊的小說，那當然是值得。

問題是泰半的愛情是整個人被淘空了，甚且放棄了自己，當然是不值得的。

漫長的重建。回到自己。

92

我已經遺忘感情的痛了。

現在理解什麼是幸福，幸福滿到可以永遠不婚都夠使用。

以前那種想起就會心痛的感覺已經遍尋不著（痛感被倒下的母親替代了），就好像兩顆心掛在一起似的一分離就痛，遇到感情的大浪，搖得人頭昏腦脹。

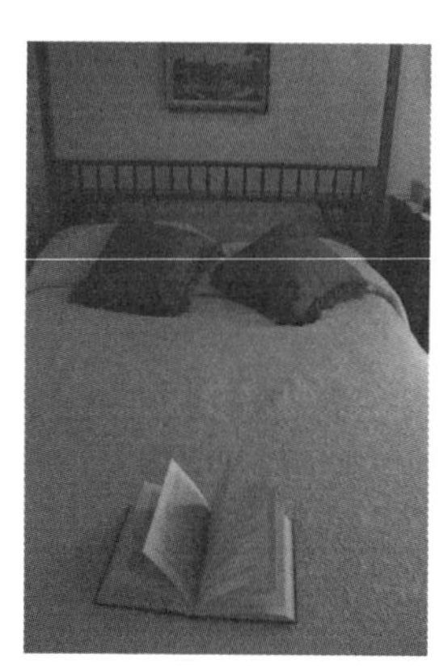

你年輕時談的愛情對象留長髮，後來女友吃醋到硬要你把角色改成短髮。

你說鼓手的位置和小說家相像。永遠站在後面看著前面的表演者，但節奏卻是由他控制。前後一個拍子對調就完全是不同的曲。

你曾問我要什麼？

你說得把人生順序排出來。

我說我沒有順序，因為我的唯一是寫作。

那時的口氣好狂妄。

看看這幾年的生活，不是為愛情難過，就是為某人傷心，或為某事瞎忙。我想我根本就把寫作放在末端。

現在才覺悟，想起我的唯一戀人：寫作。

95

這些年我漂流過很多張床。
一張床到另一張床，各式各樣的旅館。
每一張床的棉被都蓋著你的影子。
你是那個愛情的原始碼。
遺忘原始碼很危險，因而我一直中毒。

尋回原地的你。
忘了我的愛情已經被都更了無數回。
這些年你過得好嗎？提早我進入老年國的滋味如何？
但我們年輕就老了，是否這樣可以減少幻滅？
在還沒陪病母親前，我的人生是在旅行與修行的兩端來回。
旅行，旅途裡行經自己的萬劫千劫，
睡醒是戀人的骷髏遍地。
修行，修正不斷重複的錯誤行為，
奢望扶正傾斜的感情基地。

97

我在紐約時，我經常在星巴克想你。那時你的台北還沒有任何的星子咖啡館可以讓你在那裡想我。

回到台北，我經常在星巴克遺忘你。

繁衍快速的咖啡館，喧騰的聲音經常把我趕了出來。

有些書在年輕時認識，因為你介紹的關係，我就一直愛著它們，好像它們是你。

昨天我在安靜美麗的圖書館，看第一次我遇見的李維史陀《憂鬱的熱帶》，仍感覺充實，感覺奇妙。好像可以觸摸多年前透過你的指尖傳達給我的溫度。書有溫度，書有香氣。書架上擺放的都是經典的老書，老到跟你一樣，也經典如你。新書都是用堆的，很像地攤貨地堆著，不確定要不要上架，很像新愛情，雖好卻不耐讀，或無法和書靈魂通融一體。

放在架上，可以隨手一邊喝紅茶一邊捏可麗餅吃，很閒散（除了讀佛經端正坐姿外）。把自己陷在書堆裡，就像在花園一般的閱讀。

現在我寫著手記，寫給你同樣一個人，同一張背影，感覺回憶已經不再是刀了，年輕時經常有的傷痛，心痛，那種感覺非常可怕的失去，那種容易讀幾行字就哭得很大的雷雨聲都已遠去。以前我經常讓房間下雨，因為很傷心。現在我的房間極度乾燥，已經把心裝進防潮箱。

淚水，心痛，已經都給了母親。

你知道，一定會很高興，你一直希望我和母親很好很親。

媽媽已經無言無語，她的嘴巴乾乾淨淨，心也乾乾淨淨了。

我安慰著母親，萬言不如一默。

以前當我想安慰你時，我就會覺得自己很淺，涉世未深，很難安慰已經跋山涉水的你。

如果現在，我應該很會安慰你，但你也是老僧了。

我曾對世界不斷寫信，帶著絕望希望重疊交疊的信。我不會形容這種過程，我覺得可能我以為自己寫的是愛情的死亡，把自己攤開在愛神死亡的面前，有時自己會嚇到自己。文章用力得像是自殺那麼地用力。

現在可以放心喜歡自己了，現在遇到我的人，會說我真的很好很好，我想。

在美麗的光陰河流裡，曾經我們短暫契合地走了一段，這一段旅路永遠永遠也不會消失，永遠永遠，

因為已經屬於我們了。

我希望你很幸福，幸福滿到可以永遠在孤獨寂寞痛苦時，還覺得十分十分的幸福。

人人的幸福都擺放在外面，我的幸福是放在內心，默默無聲的在真心散發祝福給你。雖然崩壞持續來。

一起繼續好好生活吧，

像我有時候，就覺得你也就是我自己，

畢竟你曾經組成了我年輕時的生活，把我推向寫作的大海。

你組成了我。

我吐出了你。

你，可以是任何人，任何愛情，任何我喜歡的書喜歡的電影。

無處不在了。

智慧田 112

寫給你的日記（20週年時光復刻版）

作　　者｜鍾文音
出 版 者｜大田出版有限公司
台北市一〇四四五中山北路二段二十六巷二號二樓
E-mail｜titan3@ms22.hinet.net　http：//www.titan3.com.tw
編輯部專線｜（02）2562-1383　傳真：（02）2581-8761

填回函雙重禮
① 立即送購書優惠券
② 抽獎小禮物

總 編 輯｜莊培園
副總編輯｜蔡鳳儀
行銷編輯｜陳映璇
校　　對｜黃薇霓

初　　刷｜二〇一九年四月十二日　定價：三八〇元
新版二刷｜二〇一九年四月二十五日

總 經 銷｜知己圖書股份有限公司
台　　北｜一〇六台北市大安區辛亥路一段三十號九樓
TEL：02-23672044／23672047　FAX：02-23635741
台　　中｜四〇七台中市西屯區工業三十路一號一樓
TEL：04-23595819　FAX：04-23595493
E-mail｜service@morningstar.com.tw
網路書店｜http://www.morningstar.com.tw
讀者專線｜04-23595819＃230
郵政劃撥｜15060393（知己圖書股份有限公司）
印　　刷｜上好印刷股份有限公司
國際書碼｜978-986-179-550-8　CIP：855/107020907

國家圖書館出版品預行編目資料

寫給你的日記／鍾文音著．
——二版——臺北市：大田，2019.04
面；公分．——（智慧田；112）

ISBN 978-986-179-550-8（平裝）

855　　107020907